DREAMBOOKS★

DREAMBOOKS★

DREAMBOOKS

進士武林

진사무림

3

봉황송 신무협 장편소설

ORIENTAL FANTASY STORY & ADVENTURE

dream books
드림북스

진사무림 3

초판 1쇄 인쇄 / 2013년 11월 22일
초판 1쇄 발행 / 2013년 11월 28일

지은이 / 봉황송

발행인 / 오영배
책임편집 / 편집부
펴낸 곳 / (주)삼양출판사 · 드림북스

주소 / 서울특별시 강북구 솔샘로67길 92
대표 전화 / 02-980-2112 팩스 / 02-983-0660
편집부 전화 / 02-980-2116 팩스 / 02-983-8201
블로그 / blog.naver.com/dreambookss

등록번호 / 제9-00046호
등록일자 / 1999년 3월 11일

값 8,000원

ISBN 978-89-542-5448-9 (04810) / 978-89-542-5445-8 (세트)

* 지은이와 협의하에 인지는 생략합니다.
* 잘못된 책은 구입한 곳에서 바꾸어 드립니다.

이 도서의 국립중앙도서관 출판시도서목록(CIP)은 서지정보유통지원시스템 홈페이지(http://seoji.nl.go.kr)와 국가자료공동목록시스템(http://www.nl.go.kr/kolisnet)에서 이용하실 수 있습니다. **(CIP제어번호: 2013024539)**

進士武林

진사무림

3

봉황송 신무협 장편소설

ORIENTAL FANTASY STORY & ADVENTURE

dream books
드림북스

進士武林

진사무림

목차

第一章
강자

스팟!

일순간 이한열의 두 눈에서 강렬한 빛이 치솟았다.

역혈증폭과 함께 근력첩폭까지 사용했기에 그의 근육들이 살아 있는 것처럼 꿈틀거렸다.

팟!

철사장을 운용하는 그의 손짓에 공간이 찢어졌다.

전사와경과 함께 펼치고 있는 철사장의 위력은 강력했다.

그의 손이 정확히 강호빈의 가슴을 향해 날아갔다.

"헉!"

평소처럼 느긋하게 이한열을 두들겨 패고 있던 강호빈의

입에서 기겁하는 소리가 흘러나왔다.

파라락! 파라락!

엄청난 속도로 쇄도하는 철사장의 위력에 그의 머리카락과 옷자락이 미친 듯이 휘날렸다. 그대로 손에 적중당하게 되면 적지 않은 부상을 입을 것이 분명했다.

이한열에게 이런 엄청난 공격을 당할 거라곤 그는 단 한 번도 생각해 보지 않았다.

"젠장!"

강호빈이 땅을 박차면서 뒤로 물러났다.

한 마리 제비처럼 땅바닥 위에서 주르륵 미끄러지는 그의 움직임은 재빨랐다.

평소 이한열이라면 결코 따라갈 수 없을 속도였다.

하지만…….

외가비망의 세 가지 무공을 한꺼번에 운용하고 있는 이한열은 평소의 이한열이 아니었다.

탁!

땅을 박찬 이한열이 강호빈에게 접근했다.

강호빈은 이한열을 떨쳐 낼 수 없다는 걸 깨달았다.

"이건 대체……."

깜짝 놀란 강호빈이 미처 말을 끝맺지 못했다.

"외문무공에도 현기가 있는 법이라오."

강호빈의 물음에 이한열이 말했다.

스팟!

강호빈을 따라잡은 그의 두 눈에서 맑은 빛이 흘러나왔다.

후우웅!

벌 떼처럼 울음을 토한 철사장이 강호빈의 옆구리를 향해 꽂혔다. 외문무공 특유의 힘을 담고 있는 철사장이었다.

철사장에는 강호빈의 근골을 박살 내고 근육을 상하게 만들 가공할 위력이 담겨 있었다.

철사장은 본래 모질고 강한 무공이었다.

제대로 된 위력을 발휘하는 철사장에 스치기만 해도 뼈가 부러지는 중상을 당하게 된다.

바로 지금 이한열의 철사장이 그랬다.

파파팟!

강호빈이 쇄도하는 철사장을 향해 다급하게 손을 흔들었다.

콰앙!

요란한 폭음이 일어났다.

"크윽!"

강호빈이 침음을 흘렸다.

주르륵주르륵!

모질고 강한 철사장의 위력에 의해 찢어진 그의 손에서 선홍빛 피가 흘러내렸다.

"전사경?"

충격으로 인해 마치 만세라도 부른 것처럼 찢어진 손이 하늘 높이 올라간 강호빈이었다.

전사경을 펼치기 위해서는 각고의 수련이 필요했다.

그런데 그런 전사경을 이한열이 펼쳤다는 사실을 강호빈은 믿기 힘들었다.

"전사와경이라오."

이한열이 정정해 주면서 무방비 상태인 강호빈의 가슴을 향해 손을 쑥 밀어 넣었다.

콰아아!

이한열의 철사장이 내리꽂혔다.

휘릭!

강호빈이 몸을 회전하면서 철사장을 피하려고 했다.

콰우우!

철사장이 회전하고 있는 강호빈을 따라서 유연하게 궤적을 바꿨다.

"빌어먹을!"

강호빈이 욕설을 내뱉으면서 몸을 허공으로 띄웠다.

땅에 두 발을 디디고 맞는 것과 허공에서 적중당하는 것에는 두 배 이상의 충격 차이가 있었다.

빠아악!

둔탁한 소리가 무척이나 날카롭게 울렸다.

"크허헉!"

가슴을 적중당한 강호빈이 한 마리 새처럼 뒤로 일 장가량 훨훨 날아갔다. 오른쪽 가슴의 근육과 혈도 등이 손상된 그의 안색이 창백해졌다.

슥!

이한열의 입가에 웃음이 피어났다.

처음으로 강호빈을 때린 전율이 그의 몸에서 구름처럼 치솟았다.

'이 맛이구나.'

손에 가득 전해져 오는 감촉이 환상적이었다.

왜 강호빈이 그를 때리면서 즐거워했는지 이한열도 알 것 같았다.

파라락! 파라락!

멀어진 강호빈에게 쇄도하는 그의 속도가 무척이나 빨랐기에 날카로운 바람이 그의 머리카락과 옷자락을 강하게 때리고 밀었다.

터턱!

강호빈이 땅에 거칠게 떨어졌다. 위험이 닥친 그가 이한열을 살폈다.

"감히……."

강호빈은 크게 분노했다.

입매를 비틀며 웃고 있는 이한열의 모습이 그를 강하게 자극했다.

주르륵주르륵!

찢어진 옷자락 사이로 핏물이 흘러나왔다.

세 가지 외가비망의 힘이 작용하고 있는 철사장의 위력은 대단했다.

꾹!

외상과 함께 내상까지 입은 강호빈이 입술을 깨물었다. 매번 농락하듯이 데리고 놀던 이한열에게 일격을 당한 그는 심한 굴욕감에 몸을 떨었다.

분노로 인해 그의 얼굴이 시뻘게졌다.

"영약이라도 먹었소? 왜 이처럼 날뛰는 것이오?"

그가 발악적으로 크게 외치면서 앞으로 달려들었다.

"아까 말했듯이 육체의 힘을 이용한 무공이라오."

이한열이 대답해 주면서 쇄도하는 강호빈을 맞았다.

한 대 맞으면 상처 입은 멧돼지처럼 날뛸 강호빈의 행동을 이미 그는 예상하고 있었다.

'회피하는 것보다 좋다. 외가비망의 힘을 사용할 수 있는 시간에는 한계가 있으니까.'

이한열은 외가비망의 세 가지 힘을 사용할 수 있을 때 강호빈을 짓눌러야만 했다.

"흣!"

이한열이 웃으며 입가를 묘하게 뒤틀었다.

강호빈을 자극하는 비릿한 웃음을 의도적으로 연출한 것이다.

"비열하게 함정을 파고 기다려? 이제 더 이상 봐주지 않겠다."

크게 흥분한 강호빈이 외쳤다.

우우웅! 우우웅!

진기를 잔뜩 끌어올려 발경을 사용한 강호빈의 주먹이 빠르게 날아들었다.

평소 이한열을 봐주면서 상대하던 강호빈의 주먹이 아니었다. 인정사정 봐주지 않고 펼치는 공격이었다.

따끔따끔!

내상을 입은 강호빈은 바늘로 콕콕 찌르는 듯한 통증까지 무시하면서 진기를 끌어올렸다. 하지만 내상과 통증으로 인해 최고의 힘을 발휘하지는 못했다.

손발의 움직임이 평소보다 둔했다.

슥!

이한열이 그런 강호빈의 빈틈을 노리고 우측으로 파고들

었다. 동시에 단맥금강이라는 초식을 발휘하면서 철사장을 운용하고 있는 오른손을 치켜세웠다.

콰우우!

철사장이 날카로운 바람을 뚫으며 날아올랐다.

강호빈의 빈틈을 꿰뚫고 불쑥 들어간 철사장이 우악스러운 힘을 토해 내며 강호빈의 빈틈을 삼각형으로 꿰뚫어 갔다.

빠아악!

발경이 실린 강호빈의 주먹과 전사와경을 비롯한 세 가지 힘이 우직하게 실린 철사장이 부딪쳤다. 하지만 정면에서 부딪치지 않고 삼각형으로 부딪친 이한열의 철사장이 상대적으로 유리했다.

"크으윽!"

강호빈이 침음을 토해 내며 물러났다.

주르륵주르륵!

그의 찢어진 주먹에서 붉은 피가 더욱 많이 흘러내렸다.

"함정이라니, 오해요."

이한열이 느긋하게 말하면서 강호빈을 향해 민첩하게 다가섰다.

기회를 기다린 것이지 함정을 판 건 아니었다.

또 함정이면 어떤가?

근본적으로 함정에 빠진 사람이 잘못이었다.

맞는 입장이 아닌 구타하는 위치에 선 이한열은 강렬한 쾌감을 느꼈다.

히죽!

그가 만족스러운 미소를 지었다.

“크! 지금 나를 능멸하는 것이오?”

“누가 그대를 능멸한다는 말인가?”

“지금 그대가 바로 그런 짓을 하고 있소!”

강호빈이 점점 더 흥분하여 고래고래 고함을 질렀다.

이한열의 말과 미소는 그를 심하게 자극했다.

꾹!

이한열이 철사장을 펼치고 있는 손에 힘을 더하면서 말했다.

“그대가 믿든 안 믿든 상관없소. 지금 나는 강자의 위치에 섰고, 그대는 약자일 뿐이오. 약자의 외침은 그저 구차한 변명일 뿐이라오. 어지간하면 들어주려고 했지만 함정과 능멸이라는 그대의 말을 듣다 보니 실망이 이만저만이 아니라오. 당신은 적과 싸우는 실전에서도 그런 나약한 말을 할 생각이오?”

“……”

강호빈이 이한열을 봤다.

입술을 질끈 깨물면서 표독하게 이한열을 노려보던 그의 눈빛이 요란하게 흔들렸다.

슥!

강호빈이 두 손을 모아 모둔장법으로 철사장을 막아 갔다.

빠각! 빽!

철사장이 강호빈의 두 손을 후려쳤다.

강맹한 오른손 철사장의 일 장은 간신히 막아 냈지만 연달아 펼쳐진 왼손의 철사장은 막지 못했다.

퍼억!

어깨에 철사장을 맞은 강호빈이 땅바닥을 나뒹굴었다. 철사장의 우악스럽고 모진 힘이 강호빈의 근육과 뼈, 혈도 속으로 스며들었다.

외문무공의 무서움이 그대로 드러났다.

'내가 헛소리를 내뱉었구나.'

강호빈은 땅바닥을 뒹굴며 자신의 잘못을 깨달았다.

뒹굴뒹굴!

독기로 가득하던 그의 눈빛이 평소의 눈빛으로 돌아왔다. 그는 곧 생기가 도는 눈빛으로 이한열을 바라보았다.

벌떡!

그가 땅바닥에서 일어나 우뚝 섰다.

'강해졌다. 예전의 나약한 학사가 아니야.'

쉬지 않고 지속적으로 쇄도하는 이한열은 호리호리하면서도 탄탄했다.

외문무공을 통해 만들어진 근육이 건장했고, 휘날리는 머리카락이 사자의 갈기처럼 사나웠다. 호수처럼 맑은 이한열의 눈빛 사이로 강렬한 투기가 번뜩였다.

"그대의 말이 지극히 옳소이다. 방금 전의 나는 나약한 사람이었소."

강호빈이 담담하게 말했다.

말라비틀어져 있던 그의 입매에 웃음이 피어났다.

붉게 상기된 얼굴도 점차 평소의 표정으로 되돌아왔다.

휘익!

이한열이 번개같이 강호빈에게 달려들었다.

'이제 시간이 촌각밖에 남아 있지 않아.'

이한열은 줄어들고 있는 육체의 힘을 파악했다.

그는 수차례 연습을 통해서 외가비망과 육체의 관계를 연구했다. 그리고 몇 번의 시행착오를 겪은 뒤에 언제까지 외가비망을 유지할 수 있는지 알아냈다.

우우웅!

외가비망으로 발휘한 힘이 그의 주먹으로 집중되면서 벌떼 우는 소리가 강렬해졌다. 철사장이 대연비상의 투로를 따라 그대로 솟구쳐 올랐다.

콰아아아!

이한열의 우장이 검게 물들면서 가공할 경력이 휘몰아쳤다.

'막을 수 없다.'

망가진 몸의 상태를 안 강호빈이 몸을 뒤로 날렸다.

콰아앙!

철사장이 강호빈의 가슴을 강타했다.

"커컥!"

강호빈이 일 장가량 허공에 붕 떠올랐다 땅바닥에 거칠게 떨어졌다. 땅을 나뒹굴고 있는 그의 입에서 핏물이 왈칵 흘러나왔다.

피의 색이 방금 전에 흘렸던 피보다 더욱 선홍빛이었다.

육체적인 손상도 문제지만 내상도 적지 않음을 보여 주는 광경이었다.

바스스! 바스스!

가슴 부위의 옷이 떨어져 내렸다. 전사와경에 휩쓸려 배배 꼬이며 문드러진 옷에는 마치 소용돌이친 것과 같은 흔적이 남아 있었다.

적중당한 가슴 부위의 피부가 시커멓게 죽어 있었다.

"화끈하군요. 좋은 일격입니다."

강호빈이 소매로 입을 닦고 일어서면서 말했다.

흙과 피로 범벅이 된 그였다.

하지만 그는 하나도 창피하지 않았다.

스팟!

그의 눈에서 강렬한 빛이 피어났다.

슥!

그의 입가에 웃음이 떠올랐다.

"훗!"

강호빈의 입에서 자연스러운 웃음소리가 새어 나왔다.

땅을 박차고 바람을 가르면서 강호빈에게 날아들던 이한열이 그 웃음소리를 들었다.

귓가에 들려오는 웃음소리에 이한열도 마주 웃었다.

그 웃음은 주먹을 통해 주고받는 남자들의 대화였다.

빠악!

둔탁한 소리와 함께 강호빈의 몸이 새우처럼 구부러졌다.

빽!

강호빈이 사력을 다해 얼굴을 향해 다가오는 철사장을 어깨로 막아 냈다. 온몸을 울리는 강렬한 아픔으로 얼굴이 일그러졌지만 입가의 미소는 지워지지 않았다.

'이제 마지막 일격만 남았다.'

이한열은 본능적, 그리고 이성적으로 깨달았다.

최후의 일격을 때릴 장소는 이미 정해져 있었다.

퍼억!

이한열의 주먹이 강호빈의 눈을 정통으로 때렸다.

"크헉!"

눈알이 빠개지는 통증과 함께 강호빈이 땅바닥에 쓰러졌다. 그가 한쪽 무릎을 꿇은 채 피를 흘리면서 힘겹게 이한열을 올려다보았다.

'이겼다. 그리고 끝났다.'

이한열도 강호빈을 내려다보았다.

시퍼렇게 멍든 눈을 가진 강호빈이 무척이나 보기 좋았다.

그간 비무에서 매번 깨지기만 하던 이한열은 강호빈에게 꼭 멍든 눈을 선사해 주고 싶었다. 그리고 마침내 눈알이 뽑힐 것 같은 통증을 안겨 줬다.

외가비망의 힘을 모두 사용한 이한열은 파김치처럼 늘어졌다. 강한 힘이 감돌던 육체에도 아무런 힘이 남아 있지 않았다. 하지만 그는 그런 속내를 겉으로 드러내지 않고 오롯이 서 있었다.

파라락! 파라락!

바람에 이한열의 머리카락과 옷자락이 흩날렸다.

"참으로 대단했소. 이것이 오롯이 육체의 힘만을 이용한 무공이오?"

"그렇소."

"무공명이 무엇이오?"

"이름은 나도 알지 못하오."

이한열은 외가비망의 이름과 무공들을 알려 주지 않았다. 외가비망이라는 이름을 통해 배교의 무공이라는 사실이 밝혀질 수도 있기 때문이다.

게다가 외가비망은 사갈철왕이 익히고 있는 무공이었다.

자칫 사갈철왕의 제자, 혹은 배교의 문도라는 구설수에 말려들 수 있었다.

황궁에서는 사소한 문제로도 벼슬자리와 목이 날아간다.

스윽!

강호빈이 후들거리며 땅바닥에서 일어났다. 금방이라도 넘어질 것처럼 휘청거리면서도 쓰러지지 않으려고 안간힘을 썼다.

찢어지고 다치고 멍든 그의 얼굴에선 이한열에 대한 어떠한 악감정도 보이지 않았다.

슥!

그가 이한열과 눈을 맞췄다.

이한열도 그의 시선을 피하지 않았다.

"참으로 좋은 무공이군요. 꾸준히 수련하면 좋은 성과가 있을 겁니다."

"고맙소."

"이번에는 패했지만 다음에는 패하지 않을 겁니다. 그리고 다음에는 창을 들고 싸우려고 합니다."

강호빈이 말했다.

그는 악가창법을 정식으로 익혔다.

한 자루 창을 들면 맨손으로 싸울 때보다 족히 열 배 이상 강해진다.

"창을 든 그대의 모습이 궁금하군."

이한열이 말했다.

하지만 창을 든 강호빈과 이한열의 대결은 이뤄질 수 없었다. 사람은 일을 할 때와 하지 말아야 할 때를 알아야 하는 법이었다.

"아쉽지만 다음 대결은 제가 만리장성에서 돌아오고 난 뒤에 해야겠군요."

강호빈이 살짝 웃으며 말했다.

만리장성으로 떠나기 위해서는 준비해야 할 것도 많고, 또 다친 몸도 추슬러야 했다. 근육이 찢어지고, 뼈가 상하고, 혈도까지 군데군데 막혔다. 몸을 정상으로 되돌리기 위해서는 적지 않은 시간이 필요했다.

"그대의 무운을 빌겠소."

이한열이 진심으로 강호빈의 무사귀환과 무운을 기원했

다.

"고맙습니다."

"그럼 이만."

이한열이 웃으며 등을 돌렸다.

이별이 길면 추해지는 법!

이한열은 호쾌한 걸음으로 강호빈에게서 멀어져 갔다.

"다음에 뵙겠습니다, 이 진사님!"

강호빈이 이한열을 향해 허리를 굽혔다.

이한열에 대한 이야기가 화제였다.

주자소의 사람들은 아무도 강호빈을 이긴 이한열의 자랑스러운 광경을 목격하지 못했다. 하지만 그들은 다음 날 출근하자마자 이한열에 대한 소문을 들었다.

심지어 천대복은 강호빈이 땅바닥에 널브러져 있고 그 위에 발을 걸치고 있는 이한열의 목판화를 만들기까지 했다.

그가 목판화로 찍어 낸 그림을 주자소의 작업장 게시판에 붙여 놓았다.

"그림이 아주 잘 나왔네."

"속이 다 시원하다."

"부정자님이 해낼 줄 알았다니까."

사람들이 게시판 앞에서 그림을 구경하며 한마디씩 내뱉었다.

그들은 직속상관인 이한열이 맞고 돌아오는 광경에 다들 안타까워했고, 이한열을 두들겨 패는 금군 도두 강호빈을 모두 나쁘게 여겼다.

그렇기에 이번 이한열의 통쾌한 복수에 무척이나 좋아했다.

그런데 정작 집무실에 있던 이한열은 자신에 대한 그림이 게시판에 걸린 사실을 알지 못했다.

"무슨 일이지?"

작업 지시를 하기 위해 집무실 밖으로 나온 이한열은 게시판 앞에 몰려 있는 사람들을 보았다.

저벅저벅!

그가 사람들에게 걸어갔다.

짝! 짝! 짝!

천대복이 이한열을 보고 박수를 쳤다.

"부정자님 오신다. 박수!"

"와아아! 훌륭하세요."

"잘하셨습니다. 언젠가 나쁜 금군 도두를 쓰러뜨리실 줄 알았습니다."

사람들이 이한열을 보면서 환호했다.

어리둥절해하던 이한열은 그제야 사람들이 환호하는 이유

를 알아차렸다.

"고맙네."

자신의 일처럼 좋아하는 사람들을 보고 이한열이 미소를 지으며 말했다.

연전연패한 끝에 얻은 일 승에 불과했지만 그는 승자로서의 여유를 마음껏 즐겼다.

"경사입니다. 이렇게 좋은 날 술이 빠질 수는 없는 노릇이지요."

천대복이 말했다.

"잔치를 벌여야 합니다."

"와아! 잔치! 좋아!"

사람들이 소리쳤다.

"좋다. 오늘 밤 내가 쏜다. 일 끝나고 분위기 좋은 주루에 가서 코가 삐뚤어지도록 마셔 보자. 기녀들까지 책임져 주지."

이한열이 쾌히 말했다.

"와아아! 부정자님 최고!"

"벌써부터 퇴궐 시간이 기다려진다."

고된 일을 끝마치고 술 한 잔 걸칠 수 있다는 사실에 사람들이 환호했다. 게다가 이한열이 좋은 주루에서 기녀들까지 불러 준다고 하니 환장할 수밖에 없었다.

"너무 무리하시는 것이 아닌지……."

천대복이 이한열에게 작은 목소리로 물었다.

"괜찮네. 나를 아껴 주는 자네들에게 쓸 돈은 충분히 있다네."

이한열의 입가에 미소가 넘쳐흘렀다.

자신을 걱정해 주고 사랑해 주는 부하들에게 돈을 쓰니 그 역시 절로 흥이 났다.

그가 악착같이 돈을 모으는 건 다 즐기고 쓰기 위함이었다.

第二章
배하연

"누구세요?"

정원에서 체력 단련 중이던 탁탑천이 문을 열면서 심드렁하게 물었다. 이한열이 오기 전 오십 바퀴를 달려야만 하는 그는 모든 것이 귀찮았다. 문 앞에는 몸에 꽉 달라붙는 홍의를 입은 여인이 서 있었다.

"배하연이야."

그녀가 목에 힘을 주면서 말했다.

"그러니까 누구시냐고요?"

탁탑천이 말했다.

배하연이 어디의 누구인지 그가 알 게 뭔가?

그는 오십 바퀴를 꼭 채워서 달려야만 했다.

요령을 피우거나 오십 바퀴 모두 달리지 않으면 이한열이 귀신같이 알아차렸다.

“여기가 한열 가가께서 있는 곳이지?”

배하연이 열린 문으로 들어서면서 말했다.

그리고 목을 빳빳이 세운 채 고개를 돌려 가며 별채를 구경했다. 마치 제집에 들어서는 것처럼 당당한 모습이었다.

“선생님을 아세요?”

“가가라고 했잖니. 그런데도 몰라?”

“연인이세요?”

“내가 네 사모다.”

배하연이 목을 더욱 빳빳이 세웠다.

탁탑천이 눈을 껌뻑이며 그런 배하연을 바라보았다.

사모!

스승의 부인이다.

그렇다면 배하연이 이한열의 연인이라는 뜻이다.

‘선생님도 눈이 낮네.’

탁탑천이 배하연을 살피면서 생각했다.

봐줄 만하긴 했지만 배하연의 외모는 썩 뛰어나다고 말할 정도까지는 아니었다. 배하연 정도의 외모를 가진 여인은 북경에서 돌아다니다 보면 흔하게 볼 수 있었다.

탁탑천의 마음 한구석에 야릇한 쾌감이 일어났다.
'미령이보다 못생겼어.'
탁탑천은 이한열의 연인보다 자신의 여자 친구인 진미령이 예쁘다는 데 자부심을 가졌다.
사람을 외모로만 따지고 비교하면 안 된다. 하지만 딱 봐도 그녀들의 외모 차이를 알 수 있었기에 그의 마음이 더욱 상쾌해졌다.
씨익!
그의 입가에 미소가 떠올랐다. 자신을 위아래로 쳐다본 뒤 야릇하게 웃는 탁탑천의 모습에 배하연은 불쾌해졌다.
"한열 가가는 어디에 계시니?"
배하연이 뾰족한 목소리로 물었다.
"아직 돌아오시지 않았어요."
"아직도 퇴궐을 안 하셨단 말이니?"
"퇴궐은 하셨겠죠. 그런데 지금 어디에 계신지는 저도 모르겠어요."
"한열 가가는 어디에 머무시니? 안내해다오."
"가시죠."
탁탑천이 배하연을 안내했다. 그는 배하연이 이한열의 연인이라는 사실을 전혀 의심하지 않았다.
배하연은 고향에서 이한열의 부모님을 상대로 환심을 사

기 위해 갖은 노력을 기울였다. 이한열과 헤어지기는 했지만 그 전까지 이한열의 부모님과 사이가 좋았다. 집에 부탁해서 책과 쌀 등의 물건들을 보내 주기까지 했다.

그녀는 북경으로 훌훌 떠나간 진사 이한열이 무척이나 그리웠다.

하지만 떠나간 이한열은 차치하고 이한열의 부모님을 먼저 공략했다. 장수를 쓰러뜨리기 전에 주변부터 공략하려는 요악한 속셈이었다.

이한열의 부모님은 성격이 모질지 않았다. 간과 쓸개라도 빼줄 것처럼 노력한 배하연은 결국 이한열의 숙소를 알아냈고, 종국에는 이찬성에게 한 통의 서신까지 받았다.

북경으로 공부하러 가는 배하연을 잘 보살펴 주라는 내용이었다. 배하연은 공부를 핑계로 이한열을 쫓아 북경까지 온 것이다.

집안이 그녀를 적극적으로 밀어 줬다. 진사인 이한열을 잡을 수만 있다면 집안 자체에 큰 경사였기 때문이다.

'꼭 붙잡을 거야.'

그녀는 이한열과 결혼하겠다는 생각을 다졌다.

'함께 지내다 보면 정이 들겠지.'

그녀는 북경에서 공부한다는 핑계로 이한열과 함께 붙어 있을 속셈이었다.

'역시 북경이네.'

기화이초와 나무들이 심어진 정원과 화려하고 우아하면서도 깔끔한 별채를 보자 감탄이 절로 나왔다.

비록 고향에서 잘산다고 자부하는 그녀의 집보다 작은 별채였지만 훨씬 멋있었다.

이처럼 훌륭한 별채에서 편하게 살아가고 있는 이한열이 그녀의 가슴속에 더욱 크게 자리 잡았다.

"선생님과 사이는 좋으세요?"

타박타박 걸음을 옮기던 탁탑천이 물었다.

그는 이한열과 함께 지내면서 단 한 번도 배하연에 대한 이야기를 들어 보지 못했다.

이한열과 배하연의 연애가 무척이나 궁금했다.

파르르!

배하연의 눈꺼풀이 경련을 일으켰다. 하지만 탁탑천은 앞서 걷고 있었기 때문에 배하연의 얼굴을 보지 못했다.

"북경에 온 가가께 여자들은 생기지 않았니?"

배하연이 태연하게 안색을 바꾸면서 물었다. 진사 이한열이 북경에서 여자들을 사귀진 않았는지 불안했다.

"없는 걸로 알아요."

"다행이네."

배하연이 말했다.

그녀는 이한열에게 다른 여자는 없어야 한다고 생각했다.

'오직 나여야만 해.'

그녀는 이한열을 독점할 생각이었다.

이한열을 버리고 다른 남자와 사귀었던 그녀지만 이한열에게는 순애보를 강요했다.

"여기예요."

탁탑천이 배하연을 별채로 안내했다.

그녀가 별채를 둘러보았다. 서가에는 책들이 꽂혀 있었고, 한쪽에는 옷장이 위치해 있었다.

슥!

그녀가 옷장을 열었다. 그리고 예전에 사귈 때 자신이 선물했던 학창의가 있는지 살펴보았다.

하지만 역시 그 옷은 보이지 않았다.

"옷이 많네."

"요즘 많은 옷을 사세요."

"이건 뭐니?"

"선생님이 체력 단련할 때 입는 무복이에요."

"체력을 단련해?"

"못 들으셨어요? 선생님, 요즘 무공을 수련하고 계세요."

"학사가 공부는 하지 않고 무공을 수련한다는 말이니?"

그녀가 심각하게 얼굴을 굳혔다. 진사인 이한열이 무공 수련을 한다니, 솔직히 좋지 않은 일처럼 느껴졌기 때문이다. 주변의 모든 사람들이 쓸데없는 일이라고 말할 것만 같았다.

"그렇죠? 아무리 생각해도 이건 아닌 것 같아요. 이런 사실을 왜 제 아버지는 몰라주시는 걸까요?"

탁탑천이 말했다.

아무리 생각해 봐도 학사가 체력 단련을 하는 건 어울리지 않았다. 그는 더 이상 이한열에게 수업을 받고 싶은 생각이 없었다.

그러나 아버지의 강요로 인해 어쩔 수 없이 이한열의 체력 단련 수업을 받아야만 했다. 탁둔원은 이한열을 철석같이 신임했다.

탁탑천이 이한열에게 개인 과외를 받고 난 뒤로 좋아진 것은 체력밖에 없었다.

"정말 말도 안 되는 이야기지요. 사모가 선생님에게 살짝 이야기를 해주면 안 될까요?"

탁탑천이 공손하게 말했다.

그는 근래 숨이 막힐 것만 같았다.

"알았어."

무공 수련은 좋지 않다고 여긴 배하연이 말했다.

그녀는 이한열이 반듯하고 성실하게 관리 생활을 하기를 원했다. 이른바 모범적인 관리의 인생에서 벗어나지 않기를 바랐다.

차근차근 단계를 밟고 올라가 승상까지 올라야 한다. 그리고 훌륭하게 성공한 남편 이한열 옆에 그녀가 서 있어야 한다. 떡 줄 사람은 생각도 않는데 김칫국부터 벌컥벌컥 마셔댔다.

"이것 보세요."

탁탑천이 팔을 들어 올렸다.

소맷자락이 밑으로 말려 내려가면서 팔목에 채워진 둥근 환이 보였다.

묵빛의 환이었다.

"그게 뭐니?"

"철환이에요. 제가 너무 잘 뛴다면서 다섯 근이나 나가는 철환을 사지에 하나씩 채웠어요."

탁탑천이 핼쑥한 얼굴로 하소연했다.

처음에는 어려웠던 정원 달리기도 익숙해지면서 급속하게 편해졌다. 하지만 그런 편안함을 가만히 지켜보고 있을 이한열이 아니었다.

주자소와 거래하는 대장간에 부탁해서 다섯 근짜리 철환을 네 개 주문했다. 그리고 그 철환은 곧바로 탁탑천의 사지에 채워졌다.

항상 차고 다녀라!

이한열이 짧고 간단하게 지시했다. 하지만 당하는 탁탑천의 입장에서는 결코 단순하지 않았다.

탁탑천은 졸지에 몸무게가 이십 근이나 늘어났다.

뛰거나 걸을 때마다 팔다리가 끊어질 듯이 아팠고, 몸 전체가 비명을 내질렀다.

정원 달리기를 할 때면 거의 발광을 하듯 힘을 쥐어짜야 했고, 자연스럽게 몸이 녹초가 됐다. 거처로 돌아가면 몸도 못 가누고 쓰러지듯이 침대에 누워 잠을 자야만 했다. 침대까지 걸어가지 못하고 바닥에서 잠을 잔 적도 있었다.

"그런 철환을 차고도 괜찮니?"

배하연의 눈이 동그래졌다.

"당연히 안 괜찮죠. 저주스러운 철환을 차면서 저는 점점 퇴보하고 있어요. 너무 힘들어요."

탁탑천이 목에 힘줄을 세우면서 말했다.

그때였다.

"탑천아! 어디에 있느냐?"

이한열의 목소리가 들렸다.

돌아온 이한열이 정원에서 체력 단련을 하고 있어야 할 탁탑천이 보이지 않자 찾는 소리였다.

부르르! 부르르!

탁탑천의 몸에서 경련이 일어났다.

"여기 있어요!"

탁탑천이 크게 외치며 빠르게 밖으로 뛰쳐나갔다.

늦었다가는 성질 더러운 이한열에게 어떤 불상사를 당하게 될지 몰랐다.

타타탁! 타타탁!

그가 대단히 빠른 속도로 정원으로 향했다.

"선생님! 사모께서 찾아오셨어요. 아름다운 사모를 안내하느라 잠시 방에 들어갔었어요."

탁탑천이 이한열을 보고 재빨리 입을 열었다.

"너, 헛것을 봤냐?"

이한열은 어이가 없었다.

여자 친구도 없는데, 무슨 사모?

그도 모르고 있는 사모가 갑작스럽게 등장한 것이다.

"배하연 사모가 지금 별채에 계세요."

탁탑천이 말했다.

"뭐라고?"

이한열이 부르짖었다.

그의 미간이 위로 치켜 올라갔고, 부릅뜬 눈에서는 분노가 솟구쳤다.

"……."

탁탑천은 함부로 입을 놀리지 않고 침묵했다. 뭔가 일이 잘못 돌아간다는 사실을 깨달았기 때문이다.

이한열의 이런 험악한 표정은 처음이었다.

"누구 혼삿길 막을 일 있느냐? 무슨 억하심정으로 함부로 사모라고 부르는 것이냐?"

마치 치명적인 일격을 당한 맹수처럼 이한열이 포효했다.

항상 몸과 마음을 바르게 해야 한다고 배운 학사 이한열이었지만 지금 순간만큼은 욕설이라도 내뱉고 싶었다.

그는 배하연이 미웠다.

어렵고 힘든 시절 당했던 설움과 핍박, 배신이었기에 그의 가슴에 더욱 심한 아픔으로 자리를 잡았다.

다른 남자가 좋다고 떠나갔던 여자가 탁탑천 앞에 사모라고 하면서 나타났다.

이한열 입장에서는 아닌 밤중에 홍두깨였고, 자다가 뺨을 심하게 두들겨 맞은 꼴이었다.

분노한 이한열을 탁탑천이 두려운 눈빛으로 바라보았다.

그는 이한열의 분노가 자신에게 닥치지 않기를 빌며 빠르게 입을 열었다.

"선생님! 배하연이란 분이 방에 계세요. 나오라고 할까요?"

"당장 나오라고 해!"

이한열이 일갈했다.

휘익!

탁탑천이 한 줄기 바람처럼 별채로 달려 들어갔다가 나왔다.

사박사박!

배하연이 치맛자락을 끌면서 정원으로 나왔다.

그녀의 얼굴은 무척이나 담담해 보였고, 눈에는 눈물이 그렁그렁 맺혀 있었다.

"한열 가가!"

"누가 네 가가야?"

이한열이 소리쳤다.

그런 이한열을 배하연이 슬픈 미소를 띤 얼굴로 바라보았다.

'뭐가 어떻게 돌아가는 거야?'

탁탑천은 그와 그녀에게서 살짝 물러나 구경꾼처럼 관람했다.

불구경 다음에 재미난 것이 바로 싸움 구경이다.

남녀의 싸움 구경은 더욱 재미났다. 탁탑천이 흥미로운 눈길로 이한열과 사모라고 주장했던 배하연을 쳐다보았다.

겉으로는 태연한 모습을 보이고 있었지만 배하연은 심히 안절부절못하며 분노하고 있는 이한열을 어떻게 대해야 할지 고민했다.

그녀가 본능적으로 선택한 건 눈물이었다.

뚝! 뚝!

그녀의 두 눈에서 맑은 눈물이 흘러내렸다. 구슬프게 우는 그녀의 모습이 안타까웠다. 그녀는 자신의 눈물에 이한열의 분노한 감정이 씻기어 내려가기를 원했다.

하지만 그녀의 눈물이 오히려 이한열의 화를 더욱 부채질했다.

"다른 남자를 찾아서 떠났잖아! 그 녀석하고 잘 살지, 왜 자꾸 찾아오는 거냐?"

이한열이 불같이 소리쳤다.

그러면서도 그의 가슴 한구석에서는 쾌감과 희열이 파도처럼 밀려왔다. 그를 멸시하고 하찮게 바라보던 배하연의 눈빛이 그의 뇌리에 각인되어 있었다.

"헉! 바람난 여자였어?"

깜짝 놀란 탁탑천이 헛숨을 들이켰다.

더럽고 뻔뻔한 여자를 사모라고 불렀다는 사실에 치가 떨렸다.

"내가 전시에 합격하고 나니까 사라졌던 사랑이 다시금 생겨나더냐?"

"그게 아니야. 원래부터 너를 좋아했어. 내가 너를 떠났던 것은 본심이 아니야. 부모님의 강요에 의해서 어쩔 수가 없었어.”

배하연이 눈물을 흘리면서 소리쳤다.

그녀는 자신의 과오를 부모님의 탓으로 돌렸다.

“더럽고 뻔뻔하구나.”

이한열이 말했다.

소위 바람이 나서 떠났다가 다시금 돌아온 여자를 어떤 남자가 좋게 받아들이겠는가?

남자들은 이기적이다.

“이걸 봐! 네 부모님도 내가 너랑 함께하기를 원하고 계신다고.”

배하연이 품속에서 소중하게 간직하고 있던 서신을 꺼내 들었다. 그것은 방방 뛰고 있는 이한열을 얌전하게 만들 수 있는 전가의 보도였다.

탁!

이한열이 배하연의 손에서 거칠게 서신을 가로챘다.

파락!

그가 서신의 내용을 빠르게 훑었다.

서신 앞부분에는 이한열에 대한 걱정과 사랑이 적혀 있었고, 중반에는 부모님에 대한 이야기들과 과거에 좋았던 인연을 생각해 북경에서 공부할 배하연의 편의를 봐줬으면 한다는 내용이 적혀 있었다. 그리고 마지막에는 사랑한다는 내용으로 서신이 마무리됐다.

슥!

이한열이 서신을 가지런히 정리해서 다시금 봉투에 넣은 뒤 자신의 품에 집어넣었다.

서신을 읽고 나니 마음이 점차 가라앉았다.

빠른 속도로 그의 눈빛이 안정을 되찾았다.

"부모님이 너의 편의를 봐줬으면 한다고 하셨군."

"맞아. 함께 머무를 테니까 편의를 좀 봐줘. 북경에 아는 사람이 너밖에 없어."

"그렇구나."

이한열이 담담하게 말했다.

"별채에 남는 방이 있더라. 그 방 가운데 하나에 짐을 풀어놓을게."

배하연이 야릇하게 웃으며 말했다.

예전부터 부모님 말씀이라면 잘 듣는 착한 아들 이한열이었다. 부모님을 실망시켜 드리지 않기 위해 끝내 과거에까지 합격한 그였다.

이한열은 이번에도 역시 부모님의 말을 따랐다.

그녀가 속으로 안도의 한숨을 크게 쉬었다.

짐승처럼 마구 포효하던 이한열을 보았을 때는 식은땀이 났다. 마치 잡아먹힐 것 같아 등줄기가 서늘해졌다.

"너는 북경에 아는 사람이 없지만 나는 많아."

"무슨 이야기니?"

"네가 머물 숙소를 따로 구해 줄 수 있다는 말이지."

이한열이 담담하게 말했다.

그는 배하연과 한집에서 생활할 생각이 눈곱만치도 없었다. 만약 배하연이 별채에서 머문다면 다른 곳에서 생활할 생각이었다.

덜컥!

불안해진 배하연의 심장이 요란하게 뛰었다.

그녀가 북경에 온 건 오직 이한열과 함께하기 위함이었다.

"잘 알고 있는 주루가 있어. 그곳에서 생활하면 불편함이 없을 거야."

이한열은 자신에게 이익금을 상납하는 주루에 배하연을 맡길 작정이었다. 주루에 돈을 주는 한이 있어도 배하연을 떨어뜨리려고 했다.

한 건물에서 같이 생활하면서 그녀의 얼굴을 계속 본다면 복장이 터지고도 남을 것이다. 차라리 돈을 소모해서라도 그녀와 떨어져야 마음이 평안했다.

그것이 부모님의 말을 거역하지 않으면서 이한열도 편안해지는 방법이었다.

"하지만 네 부모님이 잘 대해 주라고 하셨잖아?"

백짓장처럼 창백해진 안색의 배하연이 다급하게 부르짖었다.

"성의껏 잘해 주잖아."

이한열이 말했다.

그는 소중한 돈까지 써가면서 배하연의 북경 생활을 돕기로 했다.

"하지만……."

배하연은 무어라 반발하려고 했지만 매정하게 뒤돌아서는 이한열에게 더 이상 할 말이 없었다. 그녀의 고개가 축 처졌다.

"탑천아!"

"네, 선생님!"

"집에 다른 방 있으면 저기 저 여자 하룻밤 재워라."

"알았어요."

사모가 아니라 그냥 저 여자인 배하연을 바라본 탁탑천이 고개를 끄덕였다.

"그 뒤에 달려야 하는 것 잊어버리지 마라."

"네."

"헛소리하고 중간에 마음대로 쉬었던 벌로 이십 바퀴 추가다."

"헉! 하지만 저 여자가 사모라고 했다고요."

"모르는 사람이 하는 말을 함부로 믿어서는 곤란하지. 그걸 믿고 함부로 행동한 네 잘못이다."

"그래도……."

"변명은 구차할 뿐이다. 하라면 해."

이한열이 짧고 굵게 한마디 했다.

더 이상의 반론은 용납하지 않겠다는 말이었다.

계속 칭얼거렸다가는 오히려 벌이 추가된다는 사실을 탁탑천은 그동안의 경험을 통해 잘 알았다.

"네."

승복한 탁탑천이 원망스러운 눈초리로 배하연을 바라보았다.

도움될 줄 알았던 배하연이 오히려 그에게 더욱 체력 단련을 부여해 주었다.

혹 떼려다 혹 붙인 격이었다.

"한열 가가!"

배하연이 등 돌려서 멀어져 가는 이한열을 다급하게 불렀다.

하지만 이한열은 끝내 등을 돌리지 않았다.

슥!

이한열이 별채의 문을 닫고 안으로 들어가 버렸다.

"가죠."

탁탑천이 재앙과 다를 바 없는 자칭 사모 배하연에게 차갑게 말했다.

"한열 가가의 마음을 돌려야만 해."

"그건 다음에 알아서 하시고요, 지금은 그냥 저를 따라오세요."

"지금 만나야 해."

배하연은 다급하게 말하면서 별채로 달려가려고 했다.

슥!

탁탑천이 그런 배하연의 앞을 가로막으며 쌀쌀맞게 말했다.

"자꾸 이러면 사람들 불러서 강제로 끌고 갑니다."

"비켜!"

배하연이 탁탑천 옆을 지나쳐서 달렸다.

"거기요! 이쪽으로 와서 이 여자를 잡아요."

탁탑천은 별채와 안채를 연결하고 있는 문틈에서 고개를 빠끔히 내밀고 있는 사람들을 불렀다. 별채에서 갑작스럽게 터진 고성에 몰려온 일꾼들이었다.

우르르! 우르르!

남자 두 명과 여자 두 명이 황급히 달려와서 배하연을 사로잡았다.

"놔! 이거 놓으라고!"

사지를 사로잡힌 배하연이 날뛰었다.

"데리고 가서 빈방에다 가둬! 오늘 밤 함부로 돌아다니지 못하도록 감시 철저히 해."

탁탑천이 지시했다.

혹시라도 배하연이 이한열의 별채로 숨어드는 걸 막기 위함이었다.

"알겠어요."

"방문을 자물쇠로 잠그고 밤새 지키겠습니다."

일꾼들이 배하연을 둘러메고서 안채로 사라져 갔다.

"아아악! 내가 바로 한열 가가의 여자야!"

배하연의 날카로운 고성이 어둠 속에서 크게 울렸다.

"미친년!"

탁탑천이 중얼거렸다.

탁! 타탁! 타타탁!

탁탑천은 다시 정원을 뛰기 시작했다.

그의 발걸음 소리가 지속적으로 이어졌다.

第三章

광맥

주자소 집무실.

이한열은 창가를 바라보며 사색에 잠겨 있었다.

기화이초들이 아름답게 심어져 있고, 값비싼 나무들이 깔끔하고 아름답게 정리되어 있다. 간혹 지나다니는 여인들은 하나같이 미색을 뽐냈다.

"황궁을 축소한 듯한 멋진 집과 예쁜 여인들을 데리고 살려면 돈이 있어야 하는데……."

이한열은 슬슬 걱정이 생겼다.

수중에 남은 돈이 거의 없었다.

가지고 있던 돈이 있었지만 산삼과 설련실 등을 비롯한

약재를 사느라 모두 소비했다.

외문무공을 수련하기 위해서는 많은 고급 약재들이 필요했다. 진사 동기인 신승우가 도와주고 있었지만 부족한 약재가 적지 않았다.

그런 부족함을 메우기 위해서 이한열의 돈이 사용됐다.

주자소의 거래처들을 통해 매달 일정한 돈을 받고, 청란루에서도 일 할의 이익금을 받았다. 돈이 들어오고는 있지만 사용해야 할 곳에 비해 턱없이 부족했다.

"장밋빛 미래도 좋지만 현실도 편안하고 좋아야 하는데 말이야."

이한열이 중얼거렸다.

북경에 오고 난 뒤 그가 가진 것이라고는 튼튼해진 육체가 전부였다.

"악착같이 모아서라도 내 집을 장만해야 하는데……."

탁둔원의 별채에 거주하면서 숙식을 해결하고 있긴 하지만 그것과 내 집 장만은 별도의 문제였다.

집이 있어야 고향의 부모님을 모셔 올 수 있었다.

그리고…….

북경에 자신 소유의 집 한 채가 있다는 말만 해도 어지간한 여인들은 끔뻑 죽을 것이다.

"보기 좋고 살기 좋은 집을 장만하려면 안 먹고 안 쓰면서 악착같이 모아도 십 년은 걸릴 테지."

북경에서 생활하는 관리들은 십 년 동안 녹봉을 모아야지만 괜찮은 집 한 채를 살 수 있었다. 그것도 하나도 안 쓰고 몽땅 모았을 때를 가정했을 경우였다.

지금 거의 돈이 없는 이한열에게 집 장만은 무척이나 지난한 일이다.

아니, 지금 수준에서는 꿈도 꾸지 못할 일이었다.

실현할 수 없는 일은 꿈이 아니라 망상이었다.

게다가 연금종주를 비롯한 외문무공 수련에 들어가는 돈을 장만하기 위해서 더욱 허리띠를 졸라매야 할 처지였다.

수련의 정도가 깊어지면서 약재를 비롯한 물건 장만 비용이 점점 늘어났다.

필요한 돈이 늘어나면서 이한열의 어깨도 점점 움츠러들었다.

그렇다고 해서 공부를 하는 데 돈을 아껴서는 안 됐다. 돈이 아까워서 자신에게 투자하지 않는 사람은 결코 성공할 수 없다.

더 잘 살기 위해서는 우선 자신에게 투자를 해야 한다. 자신의 가치를 높이면 그것이 곧 훌륭한 재산이 되는 것이다.

"이대로 주저앉아서는 안 돼."

이한열이 마음을 다부지게 먹었다.

그는 이미 외문무공 수련의 길 한복판에 들어섰고, 효과적으로 외문무공을 수련하기 위해서는 많은 돈이 있어야 했다.

약재를 비롯해 철사장을 수련할 때 꼭 필요한 철사 등은 외문무공 수련을 효과적으로 이끌어 주는 신외지물이다.

십 년 걸릴 수련도 신외지물의 도움을 받으면 시간이 훌쩍 줄어든다.

빨리 갈 수 있는 길이 있는데 돈이 없어서 못 간다면 얼마나 억울한가?

가난은 상대적이다.

전시에 합격하여 관리가 된 지금, 이한열은 상대적으로 무척이나 가난해졌다.

이대로 가난에 굴복하면 안 된다는 절박한 감정이 그의 내면에서 마구마구 솟구쳤다. 돈이 없어서 해야 할 일을 못한다는 사실에 울화통까지 치밀어 올랐다.

"어디서 돈을 구해야 하나?"

이한열이 고민했다.

"청림목기를 비롯한 거래처에 뒷돈을 더 요구할까?"

이한열은 이내 고개를 가로저었다.

"많이 먹으려고 했다가는 배탈이 나는 법이지."

그가 요구하면 청림목기에서는 분명히 더 많은 뒷돈을 줄 것이다. 하지만 그에 대한 반대급부가 필히 발생한다.

오는 것이 있으면 가는 것이 있는 게 이치였다.

목재의 질이 낮아지거나 납품 가격이 올라가게 될 터였다.

그렇게 되면 감사에 걸릴 가능성이 있었다.

그리고 부조리하게 바뀐 사실에 대해 앙심을 품고 누군가 불만을 터트릴 수도 있었다.

이한열은 아랫사람들의 불만에 대해서는 걱정을 하지 않았다.

아랫사람은 그저 아랫사람일 뿐이다.

이한열이 두려워하는 것은 그가 했던 것처럼 다른 사람들이 위에 보고해서 윗사람들이 문제에 개입하는 경우였다.

"누가 고발할 수도 있어. 그저 지금처럼 있는 듯 없는 듯 받아 챙기는 것이 최선이야."

그는 탐욕에 눈이 멀어 황금 알을 낳는 거위의 배를 가를 생각은 없었다.

"상단에 투자하는 것도 한 방법이기는 한데……."

상단 투자는 관리들의 탁월한 재산 증식 수단 가운데 하나였다.

나라에서는 소금과 광산 등을 비롯한 일부 자원의 전매권을 상단에 부여한다. 그리고 전매권을 독점으로 부여받은 상단은 막대한 이득을 챙긴다.

어떤 상단이 소금과 광산을 부여받을지 미리 안다면 막대한 이익을 얻을 수 있다.

전매권을 부여하는 건 윗사람들의 권한이고, 그런 윗사람들을 보조하는 사람들이 바로 관리였다. 관리들은 고급스러운 정보를 미리 얻어 낼 수 있었다.

"하지만 그런 고급스러운 정보가 나에게까지 올 가능성은 희박하지."

이한열은 곧 자신의 처지를 인지했다.

그가 전매권에 대한 정보를 얻는 건 벼락을 맞는 것처럼 가능성이 희박했다.

감나무 밑에서 감 떨어지기를 기다리는 경우나 마찬가지였다.

당장 돈이 필요한 그는 언제 올지 모를 행운을 마냥 기다릴 수 없는 처지였다.

"설령 천행으로 고급스러운 정보를 안다고 해도 투자할 자금이 없지."

본격적으로 상단에 투자하려면 적지 않은 돈이 필요했다. 황금 몇십 냥을 투자한다고 하면 전매권을 얻은 상단에서 코웃음을 치리라!

그런 상단에 있어 황금 몇십 냥은 하찮은 푼돈에 불과했다. 그리고 그런 푼돈을 가지고 있는 이한열도 하찮게 여길 것이다.

전매권을 얻은 상단들은 고급 관리와 왕부 등을 상대한다.

“덩치 큰 고래들이 노는 물에 들어갔다가 허리가 부러질 수도 있어.”

지위가 높지 않은 이한열은 새우와 같은 신세였다. 괜히 끼어들었다가 크게 낭패를 당할 수도 있었다.

고급스러운 정보에는 진짜도 있지만 거짓 정보도 셀 수 없이 많다. 전매권을 부여받을 상단은 이미 정해져 있지만 허위로 다른 상단의 이름을 넌지시 흘린다.

그 사실을 믿고 가지고 있는 돈을 몽땅 상단에 투자했다가 패가망신한 하급 관리들도 적지 않았다.

전매권에 대한 투자는 위험성이 엄청났다.

“전매권에 대한 것으로도 돈을 벌 수 없어.”

이한열은 전매권 투자에 대한 미련을 깨끗하게 버렸다.

“내가 주도적으로 할 수 있는 일을 찾아야 해.”

하지만 그런 일들 가운데 돈을 벌 수 있는 일이 많지 않다는 것이 문제였다.

이한열의 머릿속에 한 가지 생각이 번개처럼 스치고 지나갔다.

“청란루의 경우라면?”

그가 부르짖었다.

그는 우연찮은 기회로 청란루에 부정자의 이름과 위세를 빌려 주고 새로운 돈을 벌고 있었다. 장사가 잘되는 청란루 매출의 일 할이라는 이득금은 결코 적은 돈이 아니었다.

"청란루처럼 힘 있는 자들에게서 핍박을 받고 있는 사람들이 적지 않을 거야."

이한열은 북경의 허름한 뒷골목에서 암흑가의 사람들에게 피해를 입는 자들이 많다는 걸 청란루 일로 실감했다.

청란루의 여주인인 강서희는 돈을 바치면서도 이한열에게 진심으로 감사해했다. 그것이 오히려 그녀에게는 남는 장사였기 때문이다.

뒤에 이한열이 있다는 사실을 안 암흑가의 사람들은 청란루에서 더 이상 행패를 부리지 않았고, 보호비를 받으러 오지도 않았다.

"하지만 암흑가 쪽은 내가 잘 모른다는 점이 문제지."

이한열이 중얼거렸다.

그는 어두운 쪽 계통의 일에 대해서는 아는 바가 거의 없었다. 아니, 전혀 없다고 해도 과언이 아니었다. 청란루 때는 식사를 하다가 우연찮게 말려들어서 해결을 했을 뿐이었다.

소 뒷걸음치다가 쥐를 잡은 꼴이라고 해도 틀리지 않았다.

오랫동안 각고의 노력을 한 끝에 진사에 올라선 이한열은 학문적인 습관이 몸에 배어 있었다. 생판 모르는 길을 그냥 걸으려고 하지 않고 공부해서 알고 걷기를 원했다.

"이런 쪽에는 전문가의 도움을 받아야 해."

이한열의 뇌리에 돈 밝히는 한 사람이 떠올랐다.

금의위 천태웅!

다행히도 이한열에게는 좋은 관계를 유지하고 있는 천태웅이 있었다.

이한열은 곧바로 천태웅을 만나 보기로 결심했다.

슥!

그가 자리에서 일어났다.

"이럴 때는 한가한 주자소가 좋구나."

이한열이 집무실 문을 열고 밖으로 나왔다.

특별히 할 일이 없기에 그는 언제라도 밖으로 나갈 수 있었다.

수백 그루의 소나무를 비롯한 아름드리 멋진 나무들 사이로 햇볕이 내리쬐었다.

자연 속의 멋진 풍경을 고스란히 가지고 온 듯 인공적으로 아름답게 조성해 놓은 황궁 정원으로, 황궁에 있는 여러 정원들 가운데 남쪽 외곽에 위치한 청송 정원이었다.

저벅저벅!

이한열이 상큼한 공기를 들이마시면서 걸었다.

나무들이 산의 분위기를 물씬 풍겼고, 나무들 사이로 흐르는 작은 개울물이 참으로 맑았다.

"산 좋고 물 맑은 곳을 거니는 느낌이군."

이한열은 정원의 자연스러움에 감탄했다.

작은 크기였지만 정원 안에 기화이초들이 자라고 있는 들판과 수숫단으로 뒤덮인 작은 오솔길이 보였다.

정원에는 자연의 분위기에 취할 수 있는 산책로들이 만들어져 있었고, 산책로에는 군데군데 석상들이 세워져 있었다.

그는 황궁에 들어오고 난 뒤 눈코 뜰 새 없이 바쁘게 보내느라 청송 정원에 처음 와봤다.

만약 천태웅과의 약속 장소를 이곳으로 잡지 않았다면 이곳에 오기까지 더욱 많은 시간이 걸렸으리라!

그가 먼저 천태웅에게 만나자는 전갈을 보냈다.

그리고 천태웅이 청송 정원에서 만나자는 답신을 보내왔다.

천태웅이 근무하는 금의위 건물은 현재 이한열로서는 출입이 불가능했다. 금의위가 있는 곳은 황궁의 심처였고, 이한열은 겨우 황궁 외곽까지만 접근이 허락됐기 때문이다.

이한열이 황궁에서 돌아다닐 수 있는 공간은 그렇게 많지 않았다.

천태웅과의 약속 시각은 반 시진 뒤였다. 시간이 남은 이한열은 일찍 약속 장소에 도착해서 청송 정원을 거닐고 있는 중이었다.

"이런 곳에 석상이 있었구나."

이한열의 눈에 석상이 띄었다.

비바람을 맞아 풍화된 석상이 유난히 그의 마음을 자극했다. 호감이 가는 걸 느낀 그가 눈에 보이는 석상으로 다가갔다.

"청송의 나뭇가지에 학이 앉아 있구나."

소나무 위에 학 한 마리가 날아갈 것처럼 날개를 활짝 펴고 있는 석상이었다.

"예사롭지 않아!"

이한열이 감탄하며 석상에 관심을 기울였다.

소나무가 정겹고 푸근했다.

나뭇가지에 앉아서 비상하려고 하는 학이 상서로웠다.

그가 석상을 자세하게 살펴보려고 할 때였다.

"오래 기다렸는가?"

천태웅의 목소리가 걸걸하게 울렸다.

이한열은 석상에 대한 관심을 내려놓고 천태웅을 바라보았다.

"시간이 좀 남기에 먼저 와 있었습니다. 저도 온 지 얼마 되지 않았습니다."

이한열이 말했다.

이한열은 주자소의 거래처에서 받는 돈의 일정액을 천태웅에게 꾸준히 넘겼다.

하지만 근무하는 곳도 다르고 하는 일도 이질적이었기에 관계를 맺고 있음에도 이한열이 천태웅을 직접 마주치는 일은 거의 없었다.

"뭘 그리 유심히 보고 있었나?"

"석상을 좀 보았습니다."

"석상?"

"예사롭지 않아 보여서 조금 살펴보았습니다."

"글쎄! 그런 쪽은 내가 잘 모르지."

천태웅이 말했다.

그는 예술품에 대해서 문외한이나 마찬가지였다.

"혹시 누가 만든 작품인지 아십니까?"

이한열은 석상에 관련해 좀 더 알기를 원했다.

"잘은 모르겠네. 아! 도씨 성을 가진 석공이 만든 작품이라고 했던 것도 같아."

"도장석 석공입니까?"

"맞아, 그 이름이었네. 아는 사람인가?"

"천하제일석공이라고 들었습니다."

이한열은 예기치 않은 장소에서 도장석의 조각품을 보았다는 사실에 전율했다.

"그렇군."

천태웅이 대수롭지 않게 말했다.

그는 돌덩어리에 불과한 조각품에 별 관심을 가지지 않았다. 천하제일석공의 작품이라고 해도 그에게는 단지 돌덩어리에 불과했다.

천태웅의 심드렁한 태도를 알아본 이한열이 재빨리 입을 열었다.

"괜찮은 일이 있어서 만나자고 했습니다."

"괜찮은 일?"

천태웅의 눈빛이 반짝였다.

"광맥을 찾았는지도 모릅니다."

"호오! 대단하군."

돈에 관련된 이야기가 나오자 천태웅의 태도가 진지해졌다. 방금 전의 심드렁한 분위기는 단숨에 사라져 버렸다.

요동치는 정세였고, 곳곳에서 문제가 속출했다.

천태웅은 금의위였지만 그의 신세가 밖에서 보는 것처럼 좋은 것만은 아니었다.

만리장성 너머 오랑캐의 준동도 심상치 않았고, 후계자들의 다툼도 더욱 심해질 거라는 전망이 금의위 내부에서 나왔다.

정국의 불안은 더욱 커져 나가고 있는 형국이었다.

불안한 정국 속에 천태웅이 믿을 수 있는 가장 확실한 것은 바로 돈이었다.

사실 그는 만나자는 이한열의 연락을 받고 여기저기 좀 알아보았다.

이른바 뒷조사였다.

나쁜 의도의 뒷조사가 아니라 앞으로 계속 인연을 맺어도 괜찮은 사람인지에 대해 알고자 함이었다.

금의위에는 황궁에서 일하는 사람들에 대한 정보가 넘쳐흘렀다. 그들의 평소 태도와 일상생활을 하면서 내뱉은 말, 일에 대한 고과 점수, 만나는 사람 등에 대해 금의위에서는 면밀하게 파악한다.

그것이 바로 조정과 황제를 지키는 금의위가 할 일이었다.

이한열에 대한 평판은 위아래를 가리지 않고 무척 좋았다.

착실하게 일하고, 아랫사람들을 잘 다스리며, 학문과 무공에 힘쓰는 사람이라고 보고서에 적혀 있었다.

보고서에는 이한열의 비리에 대한 부분이 나와 있지 않았다.

그것만 해도 참으로 관리 생활을 잘 이끌어 가는 이한열이었다.

그리고 그것은 이한열의 능력이라기보다 천태웅의 공작이 더욱 컸다. 돈을 받아먹었기에 공범인 천태웅이 이한열의 비리를 덮은 것이다.

천태웅도 혼자서 돈을 꿀꺽하지 않고 여기저기에 뿌렸다. 혼자서 독식하려고 했다가는 배탈이 난다는 사실을 잘 알았기 때문이다.

그래서 이한열은 아직까지 비리를 저지르지 않은 청렴한 관리로 보고서에 적혀 있었다.

사실 큰 욕심만 부리지 않는다면 관리 생활을 하면서 충분한 기회가 생긴다. 관리들이 약간의 돈을 받는 건 큰 잘못이 아니었다. 오히려 관례적으로 받아야 하는 돈을 주지 않는 사람이 찍혀서 큰 낭패에 처하게 된다.

천태웅은 뒷조사를 통해 앞으로 계속 좋은 관계를 유지해도 괜찮은 사람이라고 이한열에 대해 판단했다.

"좋은 일로 만나게 되니 더욱 반갑군."

천태웅이 이한열을 격하게 반겼다.

묵직하던 그의 얼굴에 희미한 웃음이 피어났고, 그것은 점점 또렷한 웃음으로 자리를 잡았다.

"저 혼자만의 힘으로는 부족합니다. 그래서 실례를 무릅쓰고 만나자는 전갈을 보냈습니다."

이한열이 허리를 숙이면서 죄송스러움을 표현했다.

"그런 이야기를 이런 곳에서 들을 수는 없는 노릇이지. 나가서 술이라도 한잔하면서 이야기를 나누지."

천태웅이 말했다.

아름다운 청송 정원에는 지금도 많은 사람들이 돌아다니고 있었다. 가까운 곳에는 사람이 없었지만 그래도 모르는 일이었다.

한적한 곳에서 이야기를 나누는 편이 좋았다.

"제가 대접하겠습니다."

"그렇다면 아름다운 여자들이 있는 곳으로 가자고."

대접하겠다는 말에 천태웅의 얼굴이 더욱 밝아졌다.

"저번에 간 화정원이면 어떻겠습니까?"

"좋지."

두 사람은 청송 정원에서 벗어나 황궁 밖의 화정원을 향해 걸음을 옮겼다.

第四章

틈새시장

이한열과 천태웅은 화정원의 조용한 별채에 있었다. 은밀한 대화를 나눠야 했기에 아직 기녀들은 부르지 않았다.

식사와 함께 술이 몇 순배 오갔고, 이한열의 얼굴이 술기운으로 다소 불콰해졌다.

"자네가 찾아낸 광맥이 무엇인가?"

천태웅이 진지한 표정으로 물었다.

그도 돈을 벌기 위해 많은 노력을 기울이고 있었지만 그다지 기회가 많지 않았다. 금의위라고 해도 한계가 있었다. 무작정 돈을 잔뜩 얻으려고 했다가는 비리로 인해 금의위 옷을 벗어야만 했다.

천태웅은 금의위에서도 낮은 축에 속했다.

이한열이 의미심장한 미소를 지었다. 야릇하게 웃는 이한열을 보면서 천태웅이 침을 꿀꺽 삼켰다.

"하급에 속하는 제가 정상적인 방법으로 많은 이익을 얻기란 사실상 불가능하다고 판단했습니다."

"그렇지."

이한열의 말에 천태웅이 고개를 끄덕였다.

"그렇다고 해서 포기할 수는 없는 노릇 아닙니까?"

"맞는 말이네."

"그렇다면 정상적이지 않은 곳에서 길을 찾아야 하는 법이지요."

"불법이란 말인가?"

"불법은 아닙니다. 다만 지체 높으신 분들이 바라보지 않고, 돈 많은 사람들이 신경 쓰지 않는 곳입니다. 굳이 말한다고 하면 틈새시장이라고 할까요?"

"틈새시장이라고?"

틈새시장이라는 말에 천태웅이 흥분했다. 틈새시장이 바로 이한열이 말하는 돈의 광맥이었기 때문이다.

"제가 말하는 틈새시장에는 이미 진출한 사람들이 있습니다. 그들은 고금리를 앞세운 사채, 협박을 가미한 폭력 등을 앞세워 사람들을 압박하지요. 어디인지 아시겠습니까?"

"암흑가이군."

천태웅이 말했다.

"맞습니다."

"뒷골목에서 사람들을 핍박하여 돈을 벌자는 이야기인가?"

천태웅이 불쾌한 기색을 여실히 드러냈다. 그는 짜증이 났다. 고금리와 폭력을 앞세워 돈을 번다는 생각은 애당초 하지 않을뿐더러 좋게 여기지도 않았다.

그 역시 암흑가에서 패가망신한 사람들의 이야기를 들은 적이 있다. 하지만 항상 있어 왔던 일이고, 하층민들의 문제였기에 별 관심을 기울이지 않았다.

금의위인 그는 북경의 사정을 잘 알았다. 북경의 어두운 부분에는 암흑가가 있다. 모기처럼 사람들의 피를 흡혈하면서 사는 파락호들이 즐비하다.

북경의 낮을 황실이 다스리고, 북경의 밤을 암흑 패거리가 다스린다는 우스갯소리도 있었다.

"아무래도 내가 잘못 온 것 같군."

천태웅이 말했다.

슥!

괜히 시간만 빼앗겼다는 생각에 그가 자리에서 일어나려고 했다.

괜스레 좋지 않은 일에 어울렸다가 구설수에 올라 금의위 옷을 벗을 수도 있었다. 돈을 벌고자 하는 마음은 강렬했지만 일은 가려서 하는 천태웅이었다. 그래야 만수무강하면서 금의위 일을 계속할 수 있다는 사실을 오랜 경험을 통해 잘 알았기 때문이다.

"돈을 벌기는 버는데 누구를 핍박하느냐는 다르지요."

이한열이 당황하지 않고 여유롭게 대답했다.

실내에 잠시 침묵이 흘렀다.

일어나려다 멈칫한 천태웅이 날카로운 눈길로 이한열을 바라보았고, 이한열의 입가에는 알 듯 모를 듯 여유로운 미소가 흘렀다.

"무슨 소리인가?"

다시 자리에 착석한 천태웅이 이한열에게 가까이 상체를 기울이며 물었다.

그의 얼굴에 서려 있던 불쾌한 감정이 씻은 듯이 사라져 있었다.

"하층민들을 핍박하는 암흑가와 파락호들을 대상으로 돈을 벌면 됩니다. 그럼 그들에게 피를 빨리는 하층민들을 도울 수도 있습니다. 일석이조이지요. 아니, 돈까지 벌 수 있으니 일석삼조라고 봐야겠군요."

이한열의 눈이 반짝 빛났다.

정의 구현과 함께 이득을 챙길 수 있으니 참으로 좋은 일이었다.

마음이 절로 뿌듯해진다.

천태웅은 숨을 죽이고 이한열의 말을 경청했다.

"암흑 조직과 파락호들에게서 돈을 벌겠다고?"

흥분한 천태웅이 물었다.

"금 열 냥으로 북경 관로 뒤쪽의 땅 백 평과 건물을 살 수 있습니까?"

이한열이 물었다.

"말도 안 되는 소리."

천태웅이 외쳤다.

관로 뒤쪽의 땅 가격도 결코 낮지 않다. 요즘 세상에 북경 관로 바로 뒤쪽의 땅 백 평과 건물을 금 열 냥으로 산다는 건 어불성설이었다. 그처럼 낮은 가격에 살 수 있다면 천태웅이 직접 두 팔 걷어붙이고 나설 생각이었다.

"그런 말도 안 되는 일이 암흑가에서는 가능하더군요."

이한열이 말했다.

멋모르고 들으면 헛소리라고 치부할 수도 있었다.

하지만 진중한 이한열이 천태웅을 데리고 허튼소리를 할 리 만무했다.

"참으로 나쁜 짓을 일삼는 놈들이군."

천태웅이 말했다.

어느새 그는 이한열의 말에 집중하고 있었다.

"그렇습니다. 그들은 하층민들을 쥐어짜서 재산을 축적한 악독한 무리입니다. 그들을 징치하는 것이지요. 돈은 그저 부가적으로 따라오는 신외지물일 뿐입니다."

이한열의 말에 천태웅이 빙그레 웃음을 지었다.

'이건 돈이 된다.'

천태웅의 머릿속에서 번개가 짜릿하게 쳤다.

슥!

천태웅이 이한열에게 정중하게 고개를 숙였다.

"정의를 실현하면서 신외지물까지 따라오게 만든 자네의 노력에 경의를 표하네."

"별말씀을 다 하십니다."

이한열이 마주 고개를 숙였다.

"한 잔 받으시게."

천태웅이 술병을 들어 올렸다.

남자들이 친해지는 데 있어 술만 한 것도 별로 없었다.

"감사합니다."

이한열이 술잔을 손에 잡았다.

쪼르륵!

술이 술잔에 차올랐다.

"이번에는 제가 올리겠습니다."

"고맙네."

천태웅이 잔을 받았다. 술잔이 몇 순배 돌았다. 이한열은 기분 좋게 넘어가는 술의 여운을 짜릿하게 느꼈다.

'파락호들을 어떻게 쥐어짜야 하지?'

천태웅의 뇌리에는 이한열의 말이 계속 맴돌았다.

그런 그의 마음을 아는지 모르는지 이한열은 젓가락으로 고기를 집어 입으로 가져갔다. 그리고 달콤하면서 사르르 녹는 고기 맛에 빠져들었다.

기다리지 못한 천태웅이 먼저 말을 걸었다.

"어떤 식으로 정의를 구현할 생각인가?"

말은 정의 구현이지만 실상은 어떻게 돈벌이를 할 것이냐는 물음이었다.

꿀꺽!

씹던 고기를 삼킨 이한열의 입가 미소가 진해졌다.

"우선 먹잇감을 골라야겠지요."

"먹잇감이라고?"

천태웅의 눈빛이 번뜩였다.

"어떤 먹잇감이 이 고기처럼 달콤한지 살펴봐야지요. 그리고 먹어도 배탈이 안 나는지도 알아봐야 하고요."

"그렇지. 씹어 먹어서 돈이 많이 떨어지는지, 그리고 배경으로 누가 있는지도 조사해야지."

천태웅이 단숨에 이한열의 말을 알아들었다. 북경에서 날뛰는 파락호들 뒤에는 간혹 무시무시한 연줄과 배경을 가진 자들이 있었다. 그런 자들을 함부로 건드렸다가는 오히려 자신들이 쥐도 새도 모르게 사라질 수도 있었다.

슥!

이한열이 재차 고기 한 점을 입에 넣으면서 고개를 끄덕였다. 그리고 고기를 꼭꼭 씹어 삼킨 뒤에 다시금 입을 열었다.

"그쪽에 대한 조사를 부탁드립니다."

조사에 있어서는 금의위 천태웅이 제격이었다. 그것이 이한열이 천태웅을 끌어들인 이유 가운데 하나였다.

"맡겨 주게."

천태웅이 주먹으로 가슴을 치면서 기세등등하게 말했다.

금의위에서는 이미 북경의 암흑가 조직과 파락호들에 대한 조사를 철저하게 해둔 상황이었다. 북경에서 문제를 일으킬 소지가 많은 자들에 대한 예방 차원이었다. 필요악이기에 그냥 방치하고 있을 뿐, 언제라도 문제가 될 것 같으면 쓸어버릴 준비가 돼 있었다.

천태웅이 조사 보고서를 살펴보면 실하면서도 상하지 않은 먹잇감을 충분히 찾을 수 있었다.

"먹잇감을 고른 다음엔 어떻게 해야 하나?"

천태웅이 황급히 물었다.

"하하하! 요리 과정을 생략하고 단숨에 맛을 보려고 하면 곤란하지요. 맛도 중요하지만 먹잇감을 요리하는 과정이 없으면 말이 되지 않는 법입니다."

이한열은 천태웅의 성급함에 제동을 걸었다.

고기의 조리법은 천차만별이다.

고기의 재질, 요리사와 조리법 등에 따라 고기의 맛이 크게 좌우된다.

"내가 성급했네."

"요리를 할 때 요리사와 조리법도 중요하지만 가장 먼저 따져 봐야 하는 것은 고기의 품질입니다. 좋은 고기여야 좋은 요리가 나오겠지요."

"맞는 말이네."

"먹잇감을 선별하는 작업이 가장 중요합니다."

이한열이 천태웅을 직시하면서 단호하게 말했다.

그의 눈빛에는 강렬한 힘이 실려 있었다.

많은 돈이 필요한 이한열의 기백은 대단했다. 그 눈빛과 기백에 천태웅이 움찔할 정도였다.

"명심하지. 좋은 먹잇감을 찾겠네."

천태웅이 몸을 곧추세우면서 말했다.

이한열이 눈빛을 추스르면서 담담하게 표정을 가다듬었

다. 그리고 천태웅을 바라보면서 다시금 확실하게 못을 박았다.

"일에 있어서는 철저해야 합니다. 단순히 보고서만 보고 판단을 해서는 안 됩니다. 직접 눈으로 보고 현장에 가서 살펴봐야 합니다. 자칫 잘못했다가는 크게 낭패를 볼 수도 있다는 걸 명심해야 합니다."

이한열은 말할수록 힘이 솟구치는 걸 느꼈다.

수백 권의 책을 읽은 그는 전략에 조예가 있었다. 권모술수를 부리는 데 있어 능수능란했다.

그는 무식하게 힘과 권력만을 앞세우지 않았다.

사람들은 단지 자신이 가지고 있는 것만 생각할 뿐, 가지고 있는 것으로 무엇을 할 수 있는지는 생각하지 않는다.

이한열은 진사라는 신분과 종칠품 부정자라는 권력의 힘을 충분히 인지했다. 그리고 진사와 부정자라는 힘을 어떻게 이용할지 항상 생각했다.

그가 가지고 있는 힘에 금의위 천태웅의 힘이 합쳐지면 활용할 수 있는 수단이 크게 늘어나게 된다.

"알겠네."

이한열의 말에서 허점을 찾지 못한 천태웅이 고개를 끄덕였다. 금의위 보고서만 살펴볼 생각을 접고 먹잇감을 고른 뒤에 직접 밖으로 나가서 살펴보기로 마음먹었다.

"미숙한 저의 말에 따라 주셔서 감사합니다."

일의 주도권을 쥐고서 지시한 형국이 되어 버렸기에 이한열이 고개를 숙였다.

하지만 그건 죄송하다는 표현일 뿐, 철저하게 일을 진행시키려고 하는 이한열의 자세는 진지했다.

그는 금의위 천태웅에게 전혀 위축당하지 않았다. 그의 말은 예리했으며, 눈빛은 부드러운 가운데 날카로웠다.

'마치 고관대작들을 보는 것 같군.'

천태웅은 놀람을 금치 못했다. 눈앞에 있는 이한열이 고관대작들처럼 강한 위세를 뿌렸기 때문이다.

눈에 보이지는 않지만 이한열의 기백은 그만큼 대단했다.

가난했던 이한열의 돈에 대한 열정은 높고도 높았다.

슥!

천태웅의 입가에 진한 미소가 흘렀다.

"하하하! 자네의 말이 옳아. 앞으로도 부족한 점이 있으면 가차 없이 말해 주게."

그가 호탕하게 웃으며 말했다.

'고꾸라지지만 않는다면 언젠가 높은 위치에 오를 사람이다.'

그는 이한열을 높이 평가했다.

금의위를 하면서 수많은 사람들을 보아 온 그의 직감은

잘 맞는 편이었다. 십중팔구는 들어맞았다. 그런 의미에서 이한열의 성공 확률은 대단히 높았다.

높은 관직은 안목이 있고 학식이 있다고 해서 오를 수 있는 자리가 아니었다.

높은 관직에 오르는 길은 멀고도 험하다.

천운과 함께 높은 정신력, 그리고 뛰어난 처세술이 없으면 갈 수 없는 길이었다.

높은 학식과 안목을 가지고 관직에 올랐다 해도 낙향하거나 이름도 없이 사라진 자들이 부지기수였다.

그들은 너무나도 꼿꼿했다.

하지만 이한열은 여유작작하면서도 부드러웠다.

'악당처럼 요악하면서도 학사 특유의 꼬장꼬장함이 있어. 그렇기에 학사들이 가지 않는 어두운 길을 웃으면서 걸어간다.'

천태웅이 그동안 접해 왔던 이한열을 평했다.

"가당치도 않은 말씀입니다. 제가 잠시 주제넘게 나섰습니다. 용서해 주십시오."

이한열이 말했다.

마치 꿀이라도 바른 것처럼 그의 말은 부드러웠다.

그가 자신을 낮추고 천태웅을 높였다.

이한열의 능력과 자질을 높이 평가한 천태웅은 이한열을

소홀히 대할 수 없었다.

"하하하! 자네 능력의 특출함을 알게 되었으니 그런 소리 하지 마시게. 자꾸 그렇게 하면 그건 겸양이 아니라 나를 농락하는 일이라네."

"제가 무슨 능력이 있습니까? 저의 보잘것없는 직언을 헤아려 주신 천태웅 님의 혜안 덕분입니다."

"내가 무슨 혜안이 있다고 이러는지 모르겠군. 하하하!"

천태웅이 호탕한 웃음을 터트렸다.

계속 말해 봤자 이한열의 낮춤이 사라지지 않는다는 사실을 안 그가 재차 입을 열었다.

"그러지 말고 우리 의형제를 맺는 것이 어떤가?"

"의형제요?"

이한열이 눈을 동그랗게 치켜떴다.

형제 없이 자란 그에게 형제란 의미가 낯설게 다가왔다.

"눈앞의 내가 나이 많고 볼품이 없어서 싫은가? 하기는 자네같이 출중한 능력을 가진 사람에게 나는 부족함이 많겠지."

천태웅이 짐짓 서운한 기색을 드러내며 말했다.

"그런 것이 아닙니다. 갑작스러운 말에 너무 당황해서……."

이한열이 황급히 손을 저었다.

그러면서도 그의 머릿속은 분주하게 움직였다.

금의위 천태웅이라면 앞으로 그의 앞날에 도움이 될 사람이었다. 단순히 돈을 주고받는 관계를 넘어 형제의 연을 맺는다면 보다 많은 도움을 받을 수 있었다.

비빌 언덕이 없는 조정에 의형인 천태웅이 있다면?

짧은 순간에도 이한열은 천태웅을 십분 활용할 수 있는 방법을 여럿 떠올랐다.

그리고 다른 모든 걸 떠나서 조정에 아는 금의위가 있다는 건 큰 힘이었다.

"형님으로 모시겠습니다."

이한열이 웃으며 말했다.

"하하하! 아우!"

천태웅이 호쾌하게 웃으면서 이한열의 손을 붙잡았다.

"동생 이한열이 정식으로 인사드립니다. 앞으로 잘 부탁드리겠습니다."

"보잘것없는 형이지만 아우에게 부족함이 없도록 노력하겠네."

"그 무슨 가당치도 않은 말입니까."

"아니네, 진심이야. 내 자네 같은 사람을 아우로 뒀다는 사실이 너무나도 기쁘네. 자네야말로 마음 쓰지 말고 앞으로 나를 마소처럼 부려 주게나. 그것이 자네에게 좋고, 형인 나에게도 도움이 되는 길이라네."

천태웅이 진심으로 말했다.

그가 돈을 밝히기는 하지만 머리가 딱히 좋지는 않았다. 그렇기에 승진을 하지 못하고 계속 동료와 후임들에게 치이기만 했다.

반면 이한열은 그가 감히 쳐다볼 수조차 없는 뛰어난 혜안과 지혜를 지녔다.

그런 이한열 옆에서 천태웅은 함께 빛을 보려고 했다.

이한열은 천태웅의 말이 진심이라는 걸 알 수 있었다.

"최선을 다하겠습니다."

이한열이 천태웅의 말을 받아들였다.

그리고 의형으로 모실 때 이미 천태웅의 마음가짐을 어렴풋이나마 예상했다. 하지만 그가 예상한 이상으로 천태웅은 그에게 지극한 정성을 기울였다.

어떻게 보면 형과 아우의 위치가 바뀐 듯했다.

하지만 능력이 있어야 대우를 받았다.

이한열의 능력이 출중했기에 천태웅도 감히 함부로 하지 못하는 것이다.

그들의 의형제 관계는 의리로 인해 만들어진 철석같은 것이 아니었다. 필요에 의해서, 그리고 돈 때문에 만들어진 의형제였다.

"이렇게 좋은 날 술이 빠질 순 없지. 오늘 흠뻑 취해 보세."

"제가 술을 따르겠습니다."

"새 술은 새 부대에 따라야 하는 법이지. 여봐라!"

천태웅이 밖을 향해 크게 소리쳤다.

잠시 뒤, 치맛자락 끄는 소리와 함께 기녀의 낭랑한 목소리가 들려왔다.

"대인! 부르셨어요?"

"술상을 최고로 근사하게 다시 차려 오너라. 그리고 최고로 비싼 술 금존청을 가지고 와라. 오늘은 내가 의동생을 본 날이다."

"알겠사와요."

여인이 다시금 물러났다.

얼마 뒤, 상다리가 부러질 듯 화려하게 차려진 술상이 안으로 들어왔다. 맛깔스러운 음식들이 상 위에 가득 놓여 있었고, 새로 들인 술병이 금빛으로 반짝였다.

금존청을 담은 술병이었다.

일 년에 생산되는 양이 얼마 되지 않는 금존청은 술 한 병에 금 삼십 냥이 넘는다. 화정원에도 그 양이 많지 않았다.

"대인! 아이들은 어떻게 할까요?"

"좋은 날 여자들이 빠질 순 없지. 들이게."

천태웅이 말했다.

"네, 최고의 아이들을 준비해 뒀어요. 얘들아! 들어오너라."

화정원에서는 금의위 천태웅의 방문에 잘나가는 일급 기녀 두 명을 빼둔 상황이었다. 서슬 퍼런 금의위의 눈에 거슬리게 되면 영업에 지장이 있기 때문이다.

사르르! 사르르!

비단 치마를 끌면서 두 명의 여인이 안으로 들어섰다.

먼저 들어온 화려한 여인에게서 은은한 국화 향기가 났고, 두 번째 여인에게서는 난의 향기가 흘렀다. 기녀들이지만 품격이 있는 아름다운 여인들이었다.

'과연 화정원의 여인들이구나.'

이한열은 여인들의 미모와 기품에 감탄했다.

그가 만약 밖에서 이 여인들을 보았다면 좋은 집안의 여식이라고 느꼈을 것이다. 그만큼 여인들의 기품에는 우아함이 넘쳤다.

북경에서도 알아주는 기루 화정원의 여인들은 외모뿐만이 아니라 기예도 훌륭했다. 고관대작과 부유한 상인들을 상대하는 그녀들은 수준 높은 금기서화를 익혔다.

"어느 여인이 마음에 드는가?"

"국화꽃 향기의 여인이 좋군요."

이한열이 수수하면서도 아름다운 국화 향기 여인을 선택했다.

"저기 아우님 옆자리에 앉아라. 오늘 밤 아우님을 잘 모셔야 한다. 너는 이쪽으로 와라."

천태웅이 말했다.

이한열을 위해 오늘은 그가 근사하게 쏠 생각이었다.

"예, 대인."

"소녀 인사 올리겠습니다. 국향이라 하옵니다."

화정원에서 일급 기녀로 통하는 국향이 이한열에게 절을 올렸다.

한 송이 국화가 되어 절을 하는 그녀에게서 국화꽃 향기가 폴폴 풍겼다.

사박! 사박!

국향이 이한열의 옆에 앉았다.

이한열은 국화꽃 향기에 흠뻑 취했다.

살포시 눈을 내리깔고 있는 그녀의 모습이 수더분한 한 송이 국화꽃처럼 기품 있어 보였다.

칠흑같이 검은 머리카락 사이로 가는 목이 무척이나 하얗다. 티 하나 없이 맑은 피부가 눈부셨다. 입술이 앵두처럼 붉었다. 부드럽게 융기한 가슴이 무척이나 말랑말랑해 보였다.

두근두근!

이한열의 심장이 요란하게 뛰었다.

국향은 그가 본 여인들 가운데 분위기와 외모가 가장 뛰어난 여인이었다.

'좋구나. 이런 것이 바로 북경 관리의 삶이지.'

이한열의 입가 미소가 환해졌다.

그가 열심히 돈을 버는 이유 가운데 하나가 바로 아름다운 여인과 즐거운 시간을 보내기 위함이었다.

국향이 기녀라는 사실이 다소 아쉬웠다.

두근두근!

심장 박동이 요란한 가운데 이한열은 점차 안정을 되찾았다.

즐거워하고 있는 그의 자세는 한 치의 흐트러짐도 없었다.

치명적인 아름다움을 가졌다고 해도 기녀에게 휘둘릴 이한열이 아니었다.

'어머! 내 섭정술에서 벗어났네.'

그런 이한열을 국향이 호기심 가득한 눈길로 쳐다보았다. 정심한 마음을 지녔다고 해도 그녀의 치명적인 매력에서 남자들은 쉽게 벗어나지 못했다.

그런데 이한열이 매력적인 국향을 내버려 두고 바로 앞의 천태웅을 바라보았다.

"형님! 아우가 한 잔 올리겠습니다."

"아!"

난향을 바라보고 있던 천태웅이 이한열에게 고개를 돌렸다.

"그러다가 상사병이 날 수도 있습니다."

이한열의 농담에 정신없이 난향에게 빠져들던 천태웅이 얼굴을 붉혔다.

그는 옆자리의 난향에게 자꾸만 마음이 쏠리고 있었다. 이한열의 말을 들은 다음에야 빠르게 마음의 안정을 되찾았다.

국향이 그런 이한열을 재미있다는 듯 바라보았고, 난향이 심각한 표정을 지었다.

하지만 술을 주고받는 이한열과 천태웅은 그녀들의 이상함을 알아차리지 못했다.

그렇게 그들은 여인들의 섭정술에서 벗어났다.

第五章

마음가짐

"오랜만이네."

청란루에 들어선 한 남자가 강서희를 바라보며 말했다.

때마침 나가는 손님에게 돈을 받고 있던 강서희는 그 말을 듣지 못했다.

"안녕히 가세요."

강서희가 손님에게 따뜻하게 인사했다.

오는 손님들을 가족처럼 대하는 그녀의 인사에는 진심이 가득 넘쳤다.

"잘 지냈어?"

남자가 손님을 배웅한 강서희에게 말했다.

"어머, 연훈아!"

강서희가 왕연훈을 보며 기뻐했다.

왕연훈이 오랜만에 그녀의 가게인 청란루에 찾아왔다.

청란루가 외곽 지역에서 상사를 할 때 함께 시간을 보냈던 왕연훈이었다. 이전을 하게 되면서 그녀는 왕연훈과 헤어졌다.

왕연훈은 그녀가 떠나온 건물에 세를 들어서 '매화점'이라는 소면집을 차렸다. 청란루에서 일하며 어깨너머로 배운 음식 솜씨로 매화점의 장사도 잘됐다.

같은 나이의 그들은 절친하게 지냈다.

예전에는 왕래도 잦았지만 장사가 바쁘고 여러 사정이 있어서 연락이 뜸해졌다. 그러면서 자연스럽게 왕래가 줄어들었고, 오랜 시간 얼굴을 보지 못했다.

"정말 반갑다. 이게 대체 얼마 만이니?"

"삼 년이 넘었지."

"그동안 얼굴 한 번 보여 주지 않고 너무했어."

"그러는 너는 발이 없나? 왜 한 번도 찾아오지 않았어?"

"먹고살다 보니 그렇게 됐어."

강서희가 하소연했다.

그녀가 왕연훈을 만나지 못한 건 청란루도 청란루지만 남편 영향이 컸다. 남편이 밖으로 돌아다니면서 노름질을 하고 사고를 치는 바람에 그녀 홀로 청란루를 꾸려 나가야만 했다.

집안과 가게 일에만 신경을 쓰다 보니 자연스럽게 주변에서 멀어졌고, 왕연훈도 만나지 못하게 됐다.

'형편이 안 좋아 보이네.'

그녀가 왕연훈을 살폈다.

왕연훈은 척 보기에도 형편이 나빠 보였다. 남루한 옷차림에 얼굴이 핏기 없이 창백했다. 마지막으로 만났을 때 환하고 혈색 좋던 얼굴은 눈을 씻고 봐도 보이지가 않았다.

"여기에 앉아. 식사는 했어?"

강서희가 계산대 바로 옆의 비어 있는 탁자를 가리키며 말했다.

"먹고 왔어."

왕연훈이 웃으며 말했다.

창백한 얼굴에 퍼지는 웃음이 아릿했다.

"무슨 일 있어?"

강서희가 조심스럽게 물었다.

왕연훈이 슬픈 웃음을 짓더니 길게 한숨을 내쉬었다.

"휴우!"

땅이 꺼져라 한숨을 내쉬는 그의 얼굴에 절망이 가득 넘쳤다.

"무척 힘든 일이 있구나. 백짓장도 함께 들면 낫다고 하잖니. 대체 무슨 일이야?"

"하아아!"

왕연훈이 또 한숨을 내쉬었다. 입이 쉽게 떨어지지 않았다.

"내가 도울 수 있으면 도와줄게. 이야기해 줘."

강서희는 어려울 때 함께했던 친구 왕연훈의 어려움을 외면하지 못했다.

"오랜만에 찾아왔는데 어려운 문제를 들고 와서 미안해."

왕연훈은 강서희를 볼 면목이 없었다.

아무리 동분서주하면서 주변을 둘러봐도 도움을 얻을 곳이 없었다. 그러다 강서희를 떠올리고 삼 년 만에 찾아온 것이다.

"괜찮아. 친구 좋다는 게 뭐니? 어려운 일이 있을 때 서로 돕고 살아야지. 편하게 이야기해."

강서희는 왕연훈이 편하게 말할 수 있도록 이야기했다.

"하아! 장사가 잘됐어. 땅과 건물도 사고, 가게를 좀 더 좋은 곳으로 이전할까 고민했으니까."

왕연훈이 말했다.

매화점은 처음부터 얼마 전까지 꾸준하게 장사가 잘됐다. 시간이 지날수록 단골이 많아지면서 점점 많은 돈이 들어왔다.

처음에는 단순히 소면만 팔던 것에서 일 년 전에는 주방에 요리사까지 두고 불도장과 오리구이 등을 판매했다.

고가의 불도장과 오리구이가 아니라 저렴하면서도 맛좋은 요리였다. 처음에는 새로운 요리에 약간의 고전도 있었지만 한번 먹어 본 손님들이 계속해서 찾아왔다.

저렴한 가격에 비해 좋은 품질의 불도장과 오리구이였기에 인기가 많았다.

불도장과 오리구이는 소면보다 더욱 많은 이익이 남았다. 불도장과 오리구이에 대한 주문이 많아지면서 매화점의 매출도 쑥쑥 늘어났다.

많은 돈을 번 왕연훈은 사랑하는 부인의 명의로 세를 들었던 건물과 땅을 사들였다. 그것이 잘못의 시초였다.

"호사다마였지."

왕연훈이 회한 가득한 음성으로 허공을 응시하며 말했다. 초점이 흐릿한 그의 눈에 안타까움이 가득 흘러넘쳤다.

"……."

너무 처연한 왕연훈의 말에 강서희는 아무 말 없이 침묵했다. 어떤 말로 친구를 위로해야 할지 전혀 알 수 없었다.

"형편이 좋아지니까 부인이 바뀌더라. 포목점에 가서 비단옷을 사고, 잡화점에 가서 고급 향수를 샀어. 그리고 남자들을 만나고 다니기 시작했어."

"많이 가슴 아팠겠구나."

강서희가 안타까운 음성으로 말했다.

다른 남자들을 만나는 부인을 옆에서 지켜보는 남자의 심정은 그야말로 비참함, 그 자체다. 직접 경험해 보지 않으면 모른다.

심장이 갈기갈기 찢어지는 느낌이라고 할까?

강서희도 남편이 사기도박을 할 때 여인에게 유혹을 당했다는 걸 알고 무척이나 참담했다. 그 이후로 지금까지 그녀는 남편과 각방을 쓰고 있었다.

남편이 잘못했다고 빌고 있지만 그녀가 받아 주지 않았다. 사기도박을 벌인 사람들도 나쁘지만 남편도 잘못이었기 때문이다.

"그건 그나마 괜찮았어. 그런데 그 사람이…… 흐윽! 흑!"

말을 하던 왕연훈이 결국 눈물을 터트렸다.

주르륵주르륵!

그의 눈에서 투명한 눈물이 흘러내렸다.

볼을 타고 내려온 눈물이 탁자 위에 떨어졌다.

툭! 툭!

눈물방울이 탁자에 부딪히면서 터졌다.

그 속에 아파하고 있는 왕연훈의 감정이 고스란히 담겨 있었다.

눈물이 터지는 것처럼 그의 마음도 함께 터졌다.

오열하는 왕연훈의 등을 강서희가 따뜻하게 끌어안았다.

"괜찮아, 네 잘못이 아니야."

강서희가 말했다.

"그 바보 같은 사람이 남자에게 푹 빠져서 가지고 있던 돈 전부와 땅, 그리고 건물의 소유권을 넘겼어. 흐으윽! 흐윽!"

왕연훈이 눈물을 펑펑 흘리면서 오열했다.

믿었던 부인의 배신으로 그는 일순간에 빈털터리가 되고 말았다.

관청에 가서 억울함을 호소해 보았지만 아무런 소용이 없었다. 부인이 직접 건네줬기에 불법이 아니고, 관청이 관여할 부분이 없다는 것이었다.

"지난 세월 뼈 빠지게 고생하면서 돈을 모았는데, 이제 내 수중에는 은자 세 냥하고 팔 푼밖에 남지 않았어."

왕연훈은 허무했다.

그동안 모았던 재산이 모두 사라지자 몸에서 힘이 쭉쭉 빠져나갔다.

"그 남자가 고용한 사람들이 나의 출입을 막아서 매화점에 발을 디딜 수도 없어. 이제는 내 가게가 아니라고 하네."

그가 처연하게 말했다.

그의 삶과 하나로 이어졌던 매화점이 통째로 사라졌다.

엄청난 상실감에 그는 어쩔 줄 몰라 했다.

"나쁜 연놈이네. 그런 연놈을 가만히 내버려 뒀어? 머리카락이라도 다 뽑아 버려야지."

강서희가 분개했다.

그녀는 당장이라도 달려가서 친구의 가게를 꿀꺽 삼킨 남자와 부인을 혼쫄내 줄 기세였다.

"놈에게 접근할 수가 없어. 무사들에게 호위를 받고 있어서 그놈의 머리카락을 뽑으려 했다가는 오히려 크게 당해."

왕연훈이 강서희를 만류했다.

그 역시 놈에게 달려들었다가 호위하던 무사들에 의해 땅바닥에 거칠게 쓰러져야만 했다.

당시 모질게 쓰러진 그는 지금까지 허리가 아팠다.

통증이 심상치 않았지만 돈이 없어 의원에도 가지 못하고 있는 실정이었다.

"이제 고향으로 내려가려고 해. 그냥 고향 마을에 가서 농사지으며 편하게 보내려고. 그런데 고향 마을까지 갈 여비가 없어. 염치없지만 여비라도 얻을 수 있을까 하고 찾아왔어."

그에게는 이제 더 이상의 희망이 없었다.

고향으로 떠나기 전 친구인 강서희에게 약간의 도움이라도 받았으면 하는 마음뿐이었다.

"정말 잘 찾아왔어."

강서희가 말했다.

망해서 낙향하려는 왕연훈을 바라보는 그녀의 눈에서도 눈물이 흘러내렸다. 무소식이 희소식이라는 말처럼 왕연훈이 잘 살고 있다고 생각했다.

하지만 처참하게 망가진 그의 이야기를 듣고 나니 눈물이 앞을 가렸다. 그녀는 왕연훈을 이대로 돌려보낼 수 없었다.

"당분간 우리 집에서 지내. 내가 가게를 되찾을 수 있는 방법을 알아볼게."

"말만이라도 고맙지만 그러지 않아도 돼. 가능성이 없어."

왕연훈이 고개를 저었다.

그 역시 백방으로 알아보았지만 어디에도 해답이 없었다. 괜히 친구가 고생하는 걸 보고 싶진 않았다.

헛심을 쓰다가 그로 인해 아파할 친구를 생각하니 벌써부터 마음이 편치 않았다.

"잘 아는 높은 분이 있어. 그분이라면 이번 일에 힘을 써주실 수도 있어."

강서희가 이한열을 떠올리며 말했다.

하지만 그녀도 이한열이 도와준다고 확신하지는 못했다. 정의롭기는 하지만 조정 일을 하는 이한열이 워낙에 바쁜 사람인 탓이었다.

"정말?"

왕연훈이 말했다.

하지만 말과 달리 그는 별 기대를 하지 않는 눈치였다.

"그분은 내가 어려울 때 도와주신 은인이야. 정말로 정의로우시고 사리 분별이 정확하셔. 내가 그분께 이야기를 해볼게."

"정말 네 말대로 됐으면 좋겠다."

왕연훈은 약간의 희망을 가졌다.

"정의가 이기는 법이야. 힘을 내."

강서희가 말했다.

정의가 이기는 것이 아니라 힘이 이긴다는 걸 순진한 그녀는 아직 몰랐다.

이기기에 정의로 남는다.

그런 진실을 부탁받는 이한열은 누구보다 잘 알았다.

*　　*　　*

"흐윽! 흑!"

이한열 앞에서 왕연훈이 흐느껴 울었다.

강서희의 청탁으로 이한열은 왕연훈의 사연에 대해서 듣고 있었다.

대명률을 살펴보았을 때, 부인 소유의 건물과 땅을 부인이

자의로 타인에게 넘겼다는 사실에서 왕연훈이 구제받을 길은 거의 없었다.

하지만 대명률의 울타리 안에서 이번 일을 생각해 보면 왕연훈의 억울한 사건을 풀 실마리를 얻을 수도 있었다.

이한열은 이번 이야기를 처음 듣는 순간 중요한 한 가지를 알아차렸다.

"괴로운 거 알아. 하지만 이럴 때 놈은 어떻게 지낼 것 같아? 그대가 우는 것만큼 웃고 있을 거야. 앉은자리에서 땅과 건물을 차지했으니 얼마나 좋을까?"

이한열이 말했다.

사람이 울고만 있다 보면 결국 마음의 시름이 더욱 깊어진다. 그리고 일의 상담을 더 이상 진행하기 힘들어진다.

울고 있는 사람을 달래서 대책을 강구하는 것도 바로 이한열의 몫이었다. 가끔은 사람의 염장을 질러서 힘을 내게 만들 필요가 있었다.

"그 나쁜 놈을 꼭 혼내 줬으면 좋겠어요!"

왕연훈이 소매로 눈물을 닦으면서 악에 받쳐 소리를 질렀다.

"놈에게 돈은 얼마나 갈취를 당했지?"

"금자로만 칠십 냥 정도……."

"많이도 빼앗겼군."

"가게를 좀 더 목 좋은 곳으로 이전하려고 모아 뒀던 돈입니다."

왕연훈이 눈물을 억누르며 말했다.

"정말로 놈을 혼내 줄 생각이 있나?"

이한열이 물었다.

"갈기갈기 찢어서 죽였으면 좋겠어요."

"좋아! 그런 마음가짐이라면 한 가지 방법이 있지."

"정말요?"

"물론. 하지만 그 전에 그대가 해줘야 할 일이 있어."

"말만 하세요. 지옥이라도 뛰어들겠어요."

"부인과 놈을 간통죄로 관청에 고발해."

"네?"

왕연훈이 눈을 치켜떴다.

"땅과 건물을 주고받은 서류를 살펴봐야 알겠지만 그 부분에 있어 아마도 문제점은 없을 거야. 놈 쪽에서 철저하게 꾸며 놓았겠지."

이한열이 말했다.

그는 이야기를 들으면서 왕연훈의 부인이 전문적인 제비에게 걸렸다고 예상했다. 부녀자를 유혹하여 돈과 재물을 뜯어내는 남자, 이른바 은어로 제비들은 철저하다.

남자들을 제비라고 하고, 여자들을 꽃뱀이라고 한다.

그런 제비들이 서류 부분에 있어 실수할 가능성은 거의 없었다. 제비들은 이런 분야에 전문가였다.

"간통죄로 고발하면 자동 이혼 아닌가요? 그리고 부인도 벌을 받는다고 들었는데요."

왕연훈이 물었다.

그도 간통죄에 대해서 들어 본 기억이 있었다.

외간 남자와 바람을 피웠다가 간통죄로 관청에 고발되어 소박맞고 쫓겨난 여자의 일을 직접 과거에 목격했다.

간통죄로 신고하면 놈만 처벌받는 것이 아니라 부인까지 함께 처벌을 받아야만 한다.

"맞아."

이한열이 고개를 끄덕였다.

"부인이 죽도록 밉기는 하지만 그래도 애들 엄마인데 어떻게 그렇게 할 수 있겠어요? 다른 방법은 없나요?"

왕연훈이 주저했다.

그는 아이들을 위해서라도 부인을 처벌하고 싶지 않았다.

"없어."

이한열이 단호하게 선언했다.

그가 놈을 치죄하기 위해 대명률을 빌리지 않는다면 힘과 권력을 앞세워야 한다. 하지만 그렇게 되면 구설수에 오를 수도 있었다.

자신의 일도 아닌데 굳이 위험을 무릅쓸 이유가 없었다.

제비에게 당한 이번 일에 있어 이한열은 의원이나 마찬가지였다. 환자인 왕연훈을 격려하고 힘을 주면서 치료를 해줄 수는 있지만 병을 이겨 내는 것은 왕연훈의 의지였다.

왕연훈의 마음가짐이 이번 제비 사태에서 가장 중요했다.

의뢰인인 왕연훈이 하겠다는 의지를 보여야 이한열도 본격적으로 나설 수 있었다.

"당신이 힘을 내지 않으면 아무 소용이 없어. 이대로 놈에게 부인을 포함한 모든 재물을 넘겨주고 질질 짜고나 있든지……."

이한열이 신경질적으로 말했다.

그는 바보처럼 당하고만 있는 왕연훈에게 짜증이 났다. 일방적으로 맞고도 가만히 있으면 그건 절대 착한 것이 아니다.

좋은 일은 더욱 아니다. 맞았으면 응답하는 것이 정상이었다. 맞고서 침묵하는 건 소극적이고 비겁한 일이다.

"그대는 그렇다 치고, 아이들은 무슨 죄가 있어서 시골로 내려가 살아야 하는 건데? 농사를 지으면 잘 살 수 있을 것 같은가?"

이한열이 왕연훈을 도발했다.

"……."

부들부들!

바닥을 향해 얼굴을 처박고 있는 왕연훈의 몸이 거세게 흔들렸다. 분노, 좌절, 원망, 미움 등 수많은 감정들이 그의 내면을 거칠게 자극했다.

그는 부인의 외도 이유를 자신에게서 찾았다. 자신이 잘못했기에 착하던 부인이 다른 사내와 붙어먹었다고 자책했다.

그리고…….

사실 도망치듯이 고향으로 내려가 봤자 아이들과 잘 살 자신이 없었다. 북경에서의 삶처럼 살아갈 수 없다는 걸 그 역시 잘 알았다.

북경에서 도망친 그는 결국 도피자일 뿐이었다. 그런 나약한 정신으로 고향에서 배불리 잘 먹고 잘 살 수는 없었다.

'아이들을 위해서라도 힘을 내야 해. 내 재산을 찾자.'

아들과 딸을 떠올린 왕연훈이 흔들리던 마음을 다잡았다.

"하, 하겠어요."

왕연훈이 쥐어짜듯이 말했다.

북경에서 떠날 때 떠나더라도 부인과의 일을 마무리 지어야 한다는 사실을 깨달았다. 그런 사실을 송곳처럼 콕콕 쑤시는 말로 이한열이 알려 줬다.

주르륵주르륵!

괜히 감정이 복받친 왕연훈이 눈물을 흘렸다.

이한열은 그런 왕연훈을 답답하다는 눈초리로 바라보았

다.

"한두 살 먹은 어린애도 아니고, 보다 적극적으로 스스로의 인생을 결정해."

"알겠습니다."

"이제부터는 내가 알아보지."

그의 입가에 서늘한 미소가 어렸다.

부녀자를 유혹하여 재산을 빼돌린 일은 가정 파괴를 노린 악질적인 행위이다. 그런 악질을 처리하는 데 있어 이한열이 직접 나섰다.

'악질을 처리하고 돈도 버는 일이지. 매화점도 앞으로 꾸준하게 돈을 벌어 줄 거야.'

이한열은 그 대신 계속해서 돈을 벌어다 줄 대어, 매화점을 낚았다. 그가 매화점을 되찾아 주는 대신 왕연훈에게서 이익금의 일 할을 받기로 이미 약조가 돼 있었다.

무일푼 신세로 쫓겨난 왕연훈에게도 좋은 일이었고, 이한열에게도 환영할 만한 일이었다.

第六章

집필

시발서점의 건물 뒤쪽으로 작은 집이 한 채 붙어 있었다. 서점과 연결되어 있는 문을 열고 들어서자 십여 평 정도의 공간이 보였다.

책상들이 죽 늘어서 있고, 책상에 바짝 붙어 있는 사람들이 바삐 손을 놀리고 있었다.

책상 위에서는 여러 개의 호롱불들이 어둠을 몰아내듯 불을 밝혔다.

"이런 곳이 있었군요."

이한열이 주변을 둘러보며 말했다.

그가 바라보고 있는 곳에는 한 명의 소년이 열심히 붓을 놀리고 있었다.

책상 위에는 책 두 권이 보였다.

책 한 권에는 검은 글씨가 빽빽하게 적혀 있었고, 또 한 권의 책은 텅 비어 있었다.

스윽! 슥!

움직이고 있는 붓이 책의 글귀를 고스란히 필사해 냈다.

"책을 필사하는 곳이라오. 잘 팔리는 책들을 제때 조달할 수 없어서 만들었소. 중소 규모 이상의 서점은 모두 이와 같은 곳을 두고 있소이다."

탁둔원이 말했다.

시발서점은 적지 않은 책들을 소장하고 있다. 그리고 매일 새로운 신간 도서들을 사들인다. 하지만 그럼에도 불구하고 언제나 손님들의 욕구를 충족시켜 주지 못했다.

책을 필사하는 공간, 필사소는 그런 손님들의 욕구를 만족시켜 주고 시발서점에 이익을 만들어 준다.

책을 필사해서 팔면 그냥 공급받는 것보다 더욱 많은 이익이 남는다.

"철혈도객 다 필사한 것 있느냐?"

"여기 있습니다."

아까부터 눈치를 보고 있던 한 사내가 바짝 다가서면서 이한열에게 책을 건넸다.

“드디어 볼 수 있게 됐군요.”

이한열의 눈이 반짝거렸다.

철혈도객은 천향이라는 필명을 가진 사람의 신작이었다. 천향은 내는 작품마다 항상 훌륭했다. 그렇기에 믿고서 볼 수 있는 작가였다. 새롭게 나온 철혈도객 책을 기다리는 사람들이 많았다. 그리고 이한열도 그런 사람 가운데 한 명이었다.

“저희도 어렵게 구했지요. 시발서점에서는 이한열 진사께서 처음으로 구매하시게 되는 것입니다.”

“고맙습니다.”

이한열이 살짝 고개를 숙였다.

“봉황송 작가의 석공무림도 있는데…….”

“그 작가 작품은 앞부분은 좋은데 말미가 좋지 않아요.”

“전형적인 용두사미의 대표라고 할 수 있죠.”

“맞습니다. 앞부분의 신선함과 재미가 끝까지 유지된다면 좋은 작품이 될 수 있을 텐데, 참으로 아쉽지요. 그래도 혈마와 같다면 구매할 만한데, 평가는 어떤가요?”

이한열이 중얼거렸다.

봉황송 작가의 작품 가운데 그가 가장 좋아하는 건 혈마였다. 마도의 절대자를 그린 작품으로, 처음과 끝이 일정한 흐름을 유지하고 있었다. 그에 반해 학사무림은 흐름이 중구난방이었다.

이한열은 그에 적잖이 실망을 하고 있었다.

그렇기에 봉황송 작가의 석공무림을 과연 봐야 하나 고민했다.

"석공무림은 학사무림과 비슷하다고 합니다. 용두사미라는 이야기를 듣고 있지요. 게다가 재미를 주는 호쾌한 면이 부족하다는 평가도 있습니다."

"역시나군요."

"하지만 발전할 수 있는 기미가 보인다고도 하고 있지요."

"용두사미와 호쾌한 부분에서 발전한다면 좋은 작가가 될 것이고, 그렇지 않다면 그저 그런 작가로 머무르고 말테지요."

"그런데 이것 아십니까?"

"무엇을요?"

"봉황송 작가의 작품 가운데 평가가 가장 좋은 건 혈마입니다."

"그렇지요."

"그런데 가장 안 팔린 작품이 바로 혈마입니다. 흐름에서는 좋은 평가를 받지만 재미에서는 부족하다는 의견이 지배적입니다. 작가 입장에서는 팔리는 부분도 염두에 둬

야만 하는 것이지요."

"음!"

평가와 판매가 비례하지 않는다는 점에서 이한열의 미간이 살짝 일그러졌다.

"독자의 좋은 평가가 항상 좋은 작품을 이야기하는 것은 아니지요. 작가라면 평가와 판매 등 여러 가지 부분을 신경써야 하지요."

탁둔원이 담담하게 말했다.

서점을 운영하고 있는 그였기에 작가와 독자에 대해서 심층적으로 고민하곤 했다. 그렇기에 그는 작가와 독자를 동시에 생각했다.

"자기만족을 위해서가 아니라면 작가는 많이 팔리는 좋은 글을 써야 하는 것이지요. 그런 글을 독자들이 좋아합니다."

끄덕!

이한열이 탁둔원의 말에 동의했다.

슥!

고개를 끄덕이던 그는 때마침 바로 옆에서 필사하고 있는 책을 바라보았다.

묵묵히 책을 바라보고 있던 그의 눈동자가 크게 부릅떠졌다.

"수밀도? 세류요?"

부지불식간에 이한열의 입에서 놀란 목소리가 흘러나왔다.

가슴을 의미하는 수밀도와 여인의 가는 허리를 의미하는 세류요라는 단어가 이한열의 눈을 가득 찔렀다.

글이 적혀 있는 왼쪽과 달리 오른쪽에는 실오라기 하나 걸치지 않은 여인의 나체가 그려져 있었다.

"이건 대체 무엇이오?"

이한열이 숨넘어가는 얼굴로 다급히 물었다.

"흠!"

탁둔원이 신음을 흘리며 난처한 표정을 짓더니 어색한 표정으로 이한열을 바라보았다.

"춘화첩을 겸한 음란 서적이라오."

"허어! 참으로 괴이한 책이로군."

"음란 서적은 가장 잘 팔리는 책들 가운데 하나라오."

"그렇게나 많이 팔린단 말이오?"

"흠! 공자와 맹자를 이야기하는 딱딱한 책보다는 말초적인 자극을 원하는 독자가 더욱 많지요."

탁둔원이 말했다.

음란 서적은 시발서점에서 인기리에 팔려 나갔다.

음란 서적 가운데 인기작들은 시중에서 구하기 어려울

정도로 폭발적인 인기를 자랑했다.

"음란 서적이라고 극단적으로 폄하해서는 안 되지요. 음란 서적들 가운데에도 풍류를 논하고, 강호를 노래하는 작품들도 있답니다."

"그런 작품이 있었소?"

"용권풍이라는 필명을 가진 작가가 쓴 '북십자성'이라는 글이 있지요. 강호 무림을 배경으로 현 강호의 가장 유명한 미녀들이 등장합니다. 북십자성에 포함된 삽화들에는 강호의 미녀들이 사실적으로 그려져 있지요. 그래서 더욱 유명해진 작품이라오."

"호오! 강호의 미녀들이라?"

이한열이 호기심을 드러냈다.

그 역시 한 명의 사내였다.

무공을 배우면서 양귀비도 울고 갈 미녀들이 강호에 많다는 소문을 들었다.

"한번 읽어 보시겠소?"

탁둔원이 손에 북십자성이라는 책을 들면서 물었다.

"험! 남녀상열지사를 다룬다고 하니 민망한 마음을 금할 수 없지만 호기심에 한번 읽어 봐야겠소."

이한열이 책을 받아 들었다.

음란 서적이라는 사실에 약간의 거부감도 있었지만 호기

심이 더욱 컸다. 그렇기에 탁둔원의 권유에 못 이기는 척하면서 받아들였다.

"지금 드린 책은 용권풍 작가가 직접 집필한 진품이오. 애독자들은 용권풍 작가가 쓴 진품을 찾기를 애타게 원한다오."

"그 정도요?"

"글의 내용은 필사할 수 있지만 그 안의 삽화를 따라 그릴 수 있는 화백들은 많지 않기 때문이지요."

"어떤 실력이기에……."

"백문이 불여일견이라고 했으니 직접 보시지요."

"알겠소."

팔락팔락!

이한열이 책을 하나하나 넘겼다.

그러다가 그림이 그려져 있는 곳에서 책을 펼쳤다.

"아! 아름다운 여인이로구나."

그림 속의 여인을 본 이한열이 탄성을 터트렸다.

사아아! 사아아!

은은한 꽃향기가 진동하는 꽃밭 위에 한 명의 여인이 고고하게 서 있었다. 갸름하고도 도톰한 여인의 뺨은 도홧빛으로 물들어 있었다. 서글서글하고 윤기 도는 두 눈이 호수처럼 맑았다.

붉은 입술에 은은하게 그려져 있는 미소에는 남자의 마음을 녹이는 기운이 담겨 있었다. 옆구리에 검을 차고 있는 여인에게서 활기찬 기운이 흘렀다.

"강호십미 가운데 한 명인 화령검 도설미로군요."

"강호십미?"

"강호에서 가장 아름다운 여인들을 강호십미라고 하지요. 강호십미는 모두 월궁의 항아처럼 아름답다고 알려졌소."

"그림대로라면 정말 월궁의 항아처럼 아름답군."

"소문이지만 용권풍 작가의 말로는 그림을 통해 강호십미의 아름다움을 십분지 일도 제대로 표현하지 못했다고 했소이다."

"왜 사람들이 용권풍 작가가 직접 쓴 책을 구하려고 하는지 이해가 되는군요."

이한열이 고개를 끄덕였다. 단 한 장의 미인 삽화가 그의 마음을 온통 뒤흔들어 놓았다.

이는 미인 삽화가 단순한 미인도가 아니라 용권풍 작가의 정신세계를 드리운 작품이기 때문이었다. 그렇기에 이한열은 간접적으로 초이성적인 심미 체험을 경험했다.

흩날리는 꽃잎들 위에 서 있는 화령검 도설미에게서는 생동감이 흘렀다.

'아름다운 그림이란 반드시 격조가 고상하고 기세가 그윽하며 운치는 아득하고 뜻이 깊어야 한다. 여기에 이르면 그 그림은 곧 상등의 작품이 되는 것이다.'

이한열은 당대의 화론가인 호응린이 한 말을 떠올렸다.

단순히 사서오경만 공부한다고 해서 과거에 급제할 수 있는 것은 아니다. 문인화와 서예, 바둑 등 다양한 방면에 지식을 가지고 있어야 한다.

진사인 이한열도 그림에 대해서 평균 이상으로 공부했다.

그렇기에 아름다운 그림이란 곧 농(濃)이고, 그윽한 기운이란 바로 담(淡)을 가리킨다는 사실을 알았다.

슥!

그가 미인도를 살피며 적잖이 감탄했다.

부드러운 꽃밭이 펼쳐져 있고, 그 위로 도설미의 옷자락 하나하나가 구름처럼 몸에 달라붙어 있다. 도톰하게 튀어나온 수밀도와 개미허리처럼 얇은 세류요가 부드러운 옷자락 밖으로 여실하게 드러났다.

'몸매의 아름다움이 미고, 용색의 뛰어남이 염이로구나. 이런 여인의 아름다움을 아름답되 야하지 않고 예쁘되 속되지 아니하게 표현한 용권풍 작가의 실력이 참으로 놀랍구나. 북십자성이 비록 음란 서적이라고 하지만 이걸 쓴 사

람은 감히 내가 넘보지 못할 실력을 지녔다.'

이한열은 용권풍이라는 사람에게 감탄했다.

그리고 음란 서적이라고 해서 더 이상 폄하하지 않았다.

"용권풍 작가의 다른 작품들도 있소?"

"진품은 없고 필사품은 두 작품 있소이다."

"진품을 구해 줄 수 있소이까?"

"장담을 드릴 수가 없군요. 용권풍 작가는 작품마다 정확히 열 개씩만 진품을 씁니다. 그걸 구하려는 사람은 많은데 정작 작품은 열 개밖에 없는 것이지요. 많은 돈을 준다고 해도 구하기가 어렵습니다. 제가 드린 북십자성도 정말로 어렵게 구한 것입니다."

"용권풍 작가는 누구랍니까?"

이한열은 용권풍이라는 사람이 궁금했다.

그림과 글의 필체로 보았을 때 범상치 않은 사람이 분명했다. 용사비등한 필체에는 힘이 넘쳤고, 그림에 담겨 있는 인생의 품격이 예사롭지 않았다. 그림과 글은 그 사람의 정신세계를 투영하는 법이었다.

"알려진 바가 없지요. 음란 서적을 쓴다고 누가 이야기를 하고 다니겠소?"

탁둔원이 쓴웃음을 지으며 말했다.

"……."

탁둔원의 말을 들은 이한열은 곰곰이 생각에 빠져들었다.

고심에 빠져 있는 이한열을 본 탁둔원은 쉽게 말을 붙이지 못했다.

'집필이라?'

이한열은 고민했다.

학사로 살아온 그는 자신의 이름을 내건 책을 가지고 싶었다. 지금까지 선인들의 가르침을 배워 왔고, 또 다른 사람들이 남긴 발자취만을 좇아 왔다.

그렇기에 언젠가 그도 자신만의 발자취를 세상에 남기기를 한 명의 학사로서 염원했다.

'용권풍이라는 사람처럼 음란 서적으로 발자취를 남길 수는 없어. 혹시라도 들통이 나면 호적에서 사라질 수도 있음이야. 그렇다면…….'

이한열의 머릿속에서 여러 가지 생각들이 명멸했다.

'무협지, 아니 무협 소설을 써보자.'

이한열은 그동안 배우고 익혀 왔던 무공을 학사의 시선에서 이야기하고 싶었다.

반짝!

결심을 한 이한열의 눈동자가 빛났다.

그는 머릿속으로 어떤 소설을 쓸 건지 고민했다.

스윽!

집중하고 있는 그의 미간이 살포시 찌푸려졌다.

'내가 겪어서 잘 알고 있는 이야기를 쓰자.'

이한열은 자신을 소설 속의 주인공으로 삼기로 했다.

'물론 주인공의 이름을 바꿔야지. 황궁을 강호로 이용하자. 서원에서 공부한 사람들이 무림세가와 거대 문파의 무림인이라면 나는 홀로 독학해서 성장한 낭인인 셈이지. 낭인에 대한 이야기를 쓰자.'

이한열은 소설 쓰는 일에 몰두했다.

그는 오랫동안 각고의 노력을 한 결과 많은 무학 지식을 머릿속에 쌓았다. 학문적인 습관이 몸에 익은 그는 무학 지식을 이론적으로 이해하려고 노력했다.

때문에 중요한 내용들은 모두 기억하고 있었다.

"가난한 집안의 아이가 낭인으로 강호에 출도하는 것이 이야기의 시작이다."

이한열이 붓을 들었다.

스윽! 슥!

마음을 정한 그가 능숙한 솜씨로 글을 써 나갔다. 힘과 정교함이 가미된 붓놀림이 예사롭지 않았다. 어렸을 때 겪었던 지긋지긋한 가난이 그의 글에 고스란히 녹아났다.

작가의 마음은 글에 거울처럼 비쳐진다.

직접 경험했던 이야기였기에 소설 속 주인공 장고의 궁핍하고 가난한 삶이 사실적으로 묘사됐다.

이한열은 장고의 고달픈 유년 시절을 눈에 보일 듯 선명하게 그려 냈다.

스윽! 슥!

이한열은 글을 집필하는 데 공을 들였다.

새하얀 종이 위에 피어나는 검은 글씨를 보면서 즐겼다. 머릿속에 있는 이야기가 글이라는 형식을 갖춰 가는 걸 보면서 좋아했다.

종이 위에 적히는 글에서 문장의 향기가 피어났다.

스윽! 슥!

그의 붓이 멈추지 않았다.

순식간에 장고의 유년기가 완성됐다.

모두 합해 이만 자가 넘는 양으로, 오십 장이 넘었다.

"집필하다 보니 머릿속의 내용들이 다듬어지는구나."

잠시 붓을 멈춘 이한열의 입가에 웃음이 피어났다.

그는 부지런히 낭인의 삶을 시작하는 장고를 상상했다. 무수하게 많이 생각하다 보니 그동안 읽고 보고 수련했던 내용들을 하나하나 다시금 떠올릴 수 있었다. 집중하여 고뇌하다 보니 그때 알고 익혔던 내용들을 다시 이해하게 됐다.

분명히 알았다고 한 부분들 가운데서도 그가 미처 모르고 지나간 부분들이 있었다. 그런 부분까지 책을 쓰면서 다시금 알아차렸다.

다시 말해 집필하는 시간이 실은 반복하여 지식을 습득하는 기회의 장이 됐다.

"무릇 다른 사람에게 보이기 위해서는 내가 먼저 공부해야 하는 법이지."

이한열이 중얼거렸다.

책은 작가에게 있어 산고의 산물이다.

책을 쓰려면 엄청난 수고와 노력을 쏟아부어야 한다.

고통스러운 작업이기도 하지만 그 과정을 즐기게 되면 다른 어떤 즐거움보다 우월하다. 정신적인 지극한 즐거움을 누릴 수 있기 때문이다.

이한열은 집필을 하면서 더욱 발전하고 있었다.

"강호 출도 초기에는 장고가 삼재검법, 육합권을 익히는 걸로 하자."

삼재검법, 육합권은 그가 끈기를 가지고 심도 있게 공부했던 기초적인 무공들이다. 강호에서 쉽게 구할 수 있는 무공들로, 이한열이 본 같은 제목의 무공 서적들만 해도 열 권이 훌쩍 넘었다.

똑같은 제목의 삼재검법이지만 그 해석이 중구난방이었다.

어떻게 해석하느냐에 따라서 검법이 바뀐다.

삼재와 육합이 뭐냐고 물어보면 정확하게 대답할 수 있는 사람은 많지 않을 것이다. 그럼에도 불구하고 사람들은 삼재와 육합이란 말을 분명히 알고 있다.

삼재와 육합은 상승무공에서도 빠지지 않는 단골이었다.

삼재와 육합에 대해서 주관식으로 서술하라고 하면 두꺼운 백과사전보다 더 두껍게 만들 수도 있다. 삼재와 육합은 근간을 규정하는 기초이면서 심오하게 들어가면 무척이나 복잡해진다.

"일반 사람들은 기초를 너무 무시하는 경향이 있지. 기초가 튼튼해야 그 위에 건실한 뼈대를 세울 수 있는 법인데 말이야."

공부에 왕도가 없다고 배운 이한열은 차츰차츰 형태를 갖춰 가는 장고의 모습을 떠올렸다. 그러기 위해서는 장고의 기초가 튼튼해야 했다. 그래서 가장 기초적인 무공들을 장고에게 주었다.

튼튼한 기초 위에 상승무공이 접목하면 더욱 뛰어난 효과를 볼 수 있기 때문이다.

스읏! 슥!

이한열이 기초적인 무공들과 무리들에 대해 문학적인 언어로 설명하고, 어린아이들도 이해할 수 있게 쉽게 풀었다.

이한열은 소설 속에서 기초를 말하고, 심오한 부분을 쉽게 풀어 설명했으며, 무공을 사용해서 읽는 이의 이해를 돕도록 했다.

지난 시간 동안 이한열이 땀 흘려 공부했던 내용들이 장고의 움직임에 하나둘씩 녹아들었다.

이한열은 세밀하면서도 힘이 넘치는 필체로 자신이 알고 있는 바를 열거했다.

소설의 내용에 진사 특유의 설명적이고 예술적이면서 창조적인 부분들이 포함됐다.

스읏! 슥!

이한열은 글을 집필하면서 장고에게 자신의 실제 모습을 투영시켰다.

반짝!

그의 눈이 영롱하게 빛났다.

글을 쓰면서 의식을 강화했고, 자신이 익히 알고 있던 모든 걸 고양시켰다.

장고가 가상의 무림세가 후계자의 음모에 휘말려서 누명을 쓰는 장면이 등장했다.

장고가 강호에서 싸울 때 이한열도 싸움의 한가운데로

들어섰다. 장고의 싸움에 이한열이 효과적으로 함께 싸웠다.

"정확하고 생생하면서 자세하게 싸움 장면을 쓰자."

이한열이 다부지게 마음을 먹었다.

이한열은 장고가 초식을 쓸 때 왜 사용해야 하는지를 직시했다. 뜬금없이 나오는 것이 아니라 상황을 반영시켰다.

그가 쓰는 싸움 장면은 마치 한 폭의 그림을 떠올리게 만들었다. 가닥가닥 끊어지는 그림이 아니라 면면부절로 이어지는 하나의 영상이었다.

이한열의 감수성과 감각이 피어나고 있는 작품이었다.

스윽! 슥!

지적인 중량감을 눈부시게 피어나게 만들고 있는 붓이 쉴 새 없이 움직였다. 집필하는 양이 많아지면서 가칭 '장고전기'라는 책이 두툼해졌다.

시시각각 펼쳐지고 있는 싸움 장면에서 이한열은 눈을 떼지 않았다.

우우웅! 우우웅!

그의 몸에서 기묘한 기운이 일렁였다.

그는 엄숙하게 글을 쓰면서 실제로 싸우는 것과 같은 기운을 흘렸다. 글로 말하고 있는 그가 책 속에 등장하는 가상의 적들과 심상에서 실제로 싸웠다.

그리고 가장 적합하다고 생각되는 초식을 사용했다.

붓을 들고 있는 그는 집필을 하는 동시에 적들을 상대하고 있었다.

우우웅! 우우웅!

강한 기백이 그의 몸에서 흘러나왔다.

그는 종이 위에 써지는 점 하나에까지 신경을 썼다.

이한열은 소설을 집필하는 데 있어 모든 걸 집중하여 스스로를 새하얗게 불태웠다.

第七章

무명작가

이한열은 퇴궐을 했지만 아직 해가 떨어지지 않았다.

푸른 하늘을 잠시 동안 바라보던 그는 천천히 관로를 따라 걸음을 옮겼다. 황궁과 연결되어 있는 넓은 관로는 많은 사람들로 분주했다. 퇴궐 시간이었기에 고관대작들의 마차와 인력거, 그 밖의 사람들이 잔뜩 황궁에서 쏟아져 나왔다.

거리에는 생기가 넘쳐흘렀고, 저녁에 불어오는 바람은 시원했다.

이한열은 사람들, 특히 그 가운데 여인들을 바라보면서 걸었다. 간혹가다 고개를 끄덕이기도 했고, 간혹가다 그의 눈빛이 아름다운 여인에게 머무르기도 했다.

'확실히 황궁 근처에는 미인이 많아.'

이한열이 감탄했다.

그는 지금 시발서점으로 향하는 길이었다.

묵빛의 학창의를 입고 그 위에 바람막이를 걸쳐 입었다. 머리도 단정하게 정리가 되어 있었다.

"어머, 저 남자 봐!"

"황궁에서 나오는 걸 봤어."

"경비 서는 병사들이 인사를 했어. 관리인가 봐."

"잘생겼네."

여자들이 이한열을 보고 수군거렸다.

남자들만 여자들을 보는 것이 아니었다. 여자들도 남자들에게 많은 관심을 가지고 있었다. 그녀들끼리 남자들에 대해서 평가를 내렸다.

씨익!

이한열은 기분이 유쾌했다.

육체 능력이 상승하면서 청각 능력도 발전했기에 예전이라면 들을 수 없었던 소리를 듣는 것이 가능했다. 그리고 귀에 기를 보내면 더욱 또렷하게 들을 수 있었다.

'무공 수련하기를 잘했어.'

이한열은 자신이 대견스러웠다.

물불 가리지 않고 수련하면서 얻은 능력이 지금 그를 더욱 빛나게 만들어 줬다. 머리카락에 윤기가 자르르 넘치고 피부에서는 빛이 났다.

북경에 올라오기 전 푸석푸석했던 머리카락과는 이세 작별이었다.

이런 바뀐 부분들이 이한열을 미남으로 보이게 만들었다.

저벅저벅!

햇살 같은 웃음을 입가에 머금은 이한열이 황궁에서 멀어지고 있었지만 관로는 여전히 지나다니는 사람들로 붐볐다.

그는 여유로운 발걸음으로 꾸준하게 걸었다.

막 시발서점에서 책을 사 들고 나오는 남자가 보였다. 사내가 길 가장자리를 따라 걸으면서 책을 살폈다.

이한열이 시발서점의 안으로 들어섰다.

"이 진사님! 오셨습니까."

계산대에 앉아 있던 탁둔원이 말했다.

서점 안에는 대여섯 명의 사람들이 책을 살펴보고 있었다.

"장사가 잘되는 모양이오?"

이한열이 말했다.

"이런 날도 있어야지요."

탁둔원이 웃었다.

철컥! 철컥!

서점 안으로 들어선 사내의 허리춤에서 금속성 소리가 울렸다. 요대에 차고 있는 검에서 나는 소리였다.

무림인이었다.

"용권풍 작가가 직접 쓴 작품 있나요?"

"없다네."

탁둔원이 편하게 말했다.

그는 눈앞의 무림인을 그간의 거래를 통해 잘 알았다. 시발서점에 와서 자주 무협 소설을 찾는 단골 고객이었다.

"이번에도 없네요."

"쉽게 구할 수 있는 작품이 아니잖은가."

"하긴, 그 예술성 어린 그림을 어떻게 말로 표현할 수 있겠어요."

"그렇지."

"철혈도객은요?"

"필사해 둔 책이 있네."

"그거 한 권 주세요. 신간 들어온 거 있나요?"

무림인이 물었다.

북경에서 생활하고 있는 무림인, 홍강인은 무술을 가르치는 무관의 사범이었다.

그는 무협 소설에 푹 빠져 있었다.

그렇기에 시발서점에 와서 자주 무협 소설을 찾았다.

"딱 하나 나왔지."

"제목이 무엇인가요?"

"'낭인장고' 라는 글이네."

탁둔원이 말했다.

'내 책이다.'

이한열의 눈에 이채가 어리며 그들의 대화에 귀를 기울였다.

책의 반응이 어떤지 벌써부터 궁금했다.

첫 작품을 세상에 선보인 그는 마치 어린아이를 물가에 내놓은 심정이었다.

"낭인이 주인공이라는 말인가요?"

홍강인의 눈에 불만스러운 기색이 역력했다. 낭인이라는 부분이 마음에 심하게 걸렸다.

"앞만 살펴보았는데 장고라는 낭인에 대한 이야기이네. 나쁜 짓을 서슴지 않고 하는 내용도 있어."

"됐어요. 그 책은 안 볼래요."

홍강인이 말했다.

무협 소설의 십중팔구는 권선징악이었다.

주인공이 강한 힘으로 악당을 물리친다.

그리고 그 가운데 강호의 미녀들과 연분홍빛 사랑을 펼친다.

약하고 평범한 여인과 만나고 있는 홍강인은 바로 그런 부분에서 대리 만족을 찾았다.

"왜 안 보겠다는 건가?"

탁둔원이 물었다.

심각한 무협 소설 중독에 빠져 있는 홍강인이 신간 작품을 보지 않는 경우는 거의 없었다. 그런데 지금 그가 신작인 낭인장고를 보지 않겠다고 했다.

"책 읽으면서 짜증 나기는 싫으니까요. 철혈도객이나 주세요."

홍강인이 말했다.

"알았네."

탁둔원은 홍강인에게 철혈도객 책을 넘겨줬다.

무협 소설 중독을 여실하게 보여 주고 있는 홍강인은 길을 걸으면서도 철혈도객을 살펴보았다.

'낭인 출신이라는 것이 문제로 작용했군.'

이한열이 속으로 중얼거렸다.

사실 글을 쓰면서도 주인공의 출신이 마음에 걸렸다.

하지만 그는 마음이 따뜻하고 착한 사람을 주인공으로 택할 수 없었다.

'내가 탐욕스러운 사람이기 때문이지.'

이한열은 자신을 잘 알았다.

성인군자를 주인공으로 삼으면 쓰는 동안 그의 내면에서

부터 불협화음이 일어날 것이다. 성인군자의 행동은 그에게 일종의 족쇄였다.

'즐기자고 쓰는 글에서 족쇄를 찰 수는 없는 노릇이지. 적당히 탐욕스러운 장고는 바로 나의 또 다른 모습이다.'

이한열은 자신의 첫 작품이 독자에게 외면받는 모습에서 스스로를 돌이켜 보았다.

'있는 그대로의 나를 보여 준 것이니까 괜찮아.'

홍강인의 반응이 마음에 걸리긴 했지만 크게 상관하지 않았다.

새삼스럽게 자신을 부정하면서까지 정의로운 척할 필요는 느끼지 못했다.

저벅저벅!

걸음을 옮긴 이한열은 무협 소설들을 모아 놓은 서가 앞에 섰다.

"어디에 있나?"

이한열이 서가에서 낭인장고를 찾기 시작했다.

"음!"

그의 입에서 침음이 흘러나왔다.

낭인장고가 서가의 가장 아래쪽에 꽂혀 있었기 때문이다.

"이러면 사람들이 쉽게 발견할 수가 없잖은가."

이한열이 안타까워했다.

서가의 맨 아래쪽은 사람들의 시선이 거의 닿지 않는다. 그렇기에 사람들은 책이 있는지도 모르게 되고, 자연스럽게 책이 팔리지 않는다.

출간된 지 십 일밖에 안 된 작품이 서가 최하단에 꽂혀 있다는 사실이 참으로 안쓰러웠다.

서가의 어느 자리에 책이 꽂히느냐에 따라 판매에도 상당한 영향을 끼친다.

"무명작가의 설움인가? 이런 푸대접을 받아야 하다니……."

이한열이 중얼거렸다.

사람들이 찾지 않는 인기 없는 책 낭인장고였기에 서가 최하단에 꽂혔다.

이런 사실을 도저히 그냥 넘어갈 수 없었다.

슥!

무릎을 굽힌 그가 낭인장고를 서가에서 빼냈다.

"사람들에게 잘 보이는 여기에 있어라."

이한열은 자신의 눈높이 공간에 책을 꽂아 넣었다.

책이 꽂혀 있는 칸을 바라보면서 이한열이 빙긋이 웃었다.

"이제부터 팔릴 때까지 신경을 써주마."

그는 올 때마다 책의 위치를 살펴봐야겠다고 마음먹었다.

어느 누가 사갈지 모르는 그의 작품이었다.

헤어지는 그날까지 지극정성으로 책을 보살펴 주고 싶었다.

"찾고 있는 책이라도 있으세요?"

어깨까지 내려오는 긴 생머리의 여인이 이한열에게 다가와서 물었다.

짧은 치마를 입고 있는 그녀는 은은한 향수 냄새를 풍겼다. 늘씬하게 뻗은 예쁜 다리가 무척이나 하얗다.

슥!

이한열이 여인을 바라보았다.

방긋!

예쁘고 귀엽게 생긴 여인이 환하게 웃었다.

"특별히 찾는 책은 없소."

이한열이 말했다.

자주 방문했기에 시발서점에서 일하는 일꾼들은 낯이 익었다. 하지만 눈앞의 여인은 처음 보는 젊은 아가씨였다.

"찾으시는 책이 있으면 언제라도 말씀해 주세요."

그녀가 한껏 미소를 머금으며 청초하게 말했다.

그녀는 진사인 이한열을 알고 있었다. 그렇기에 책을 실은 밀차를 끌고 지나가다가 이한열에게 다가와 말을 건 것이다. 매력적인 웃음을 지으면서 이한열에게 가까이 다가서려 노력했다.

반짝반짝!

그녀의 눈동자가 초롱초롱했다.

'나에게 어울리는 남자야.'

그녀는 이한열을 유혹하기 위해 세심하게 신경을 썼다.

옷 잘 입고 멋있으면서 독신인 진사 이한열!

그를 잡게 되면 북경의 여염집 출신인 그녀는 순식간에 신분이 상승하게 된다.

스윽!

그녀가 이한열에게 보다 가까이 접근했다.

서가와 서가 사이의 공간이 좁았기에 두 사람이 간신히 지나갈 수 있었다. 남녀가 좁은 공간에서 숨소리도 들을 수 있을 정도로 붙어 섰다.

들이대는 그녀의 봉긋한 가슴이 이한열의 가슴에 거의 닿으려고 했다.

'역시…….'

이한열은 과도한 그녀의 친절에서 이상함을 느꼈다.

여인이 소위 그를 꼬이려고 작업 중인 것이다.

슥!

이한열이 당당하게 고개를 들고 그녀와 봉긋한 가슴을 번갈아 바라보았다.

'뭐지?'

여인이 당혹스러워했다.

이렇게 가까이 접근하면 보통 남자들은 부끄러워하면서 함부로 쳐다보지 못한다. 특히 공부만 한 샌님들은 더욱 그랬다.

여인은 몸을 앞세워 샌님들을 당황케 한 전력이 많았다.

"잠시 지나가겠소."

이한열이 말과 동시에 몸을 움직였다.

좁은 공간이었기에 자연스럽게 여인의 몸에 닿을 수밖에 없었다.

툭!

그의 가슴이 봉긋한 유방에 닿았다.

'좋은 감촉!'

이한열은 그 말랑말랑한 감촉을 여실히 느꼈다.

구름 위를 걷는 것처럼 부드럽고 황홀한 촉감이었다. 옷자락 위에 전해지는 감촉이었지만 예민한 이한열은 분명하게 체득했다.

"어머!"

여인의 얼굴이 붉게 달아올랐다.

파르르! 파르르!

그녀의 긴 속눈썹이 요란하게 흔들렸다.

'공부만 파고든 샌님이 아닌가?'

서슴지 않고 몸을 부딪쳐 온 이한열의 행동에 그녀가 심히 당황했다.

그녀는 이한열을 상냥하고 부드러우면서 사람들에게 인자한 학사라고 여겼다.

'달라! 짐승처럼 과격한 면이 있어.'

그녀의 맑은 눈망울에 놀란 기색이 흘렀다.

"가봐야 할 곳이 있어서 실례하오."

고개를 가볍게 숙인 이한열이 말했다.

저벅저벅!

등 돌린 그가 그녀에게서 멀어졌다.

'사람 잘못 봤어. 도발적으로 나오는 여자를 상대로는 거칠게 나가면 그만이다.'

이한열은 일방적으로 당하는 걸 좋아하지 않았다.

그런 정신은 여자들을 상대로도 마찬가지였다.

차갑게 떠나간 이한열을 본 그녀의 눈동자가 거칠게 흔들렸다.

"멋있어."

그녀가 말했다.

흔들림 없이 깔끔하게 할 말을 다 하고 사라진 이한열의 가치가 떨어지지 않고 오히려 높아졌다.

이한열의 행동은 자연스러웠고, 말 어디에도 억지가 묻어

나지 않았다.

학사 특유의 부드러운 꼬장꼬장함에 차가움이 더해졌다고 할까?

이한열은 참으로 독특한 기운을 흘렸다.

다소 매정하게 대하는 태도가 오히려 여인들의 방심을 더욱 흔들었다.

슥!

그녀가 혀로 붉은 입술을 핥았다.

"저런 남자를 차지하면 참으로 행복할 거야."

그녀는 이한열을 포기하지 않았다.

여자들에게 무분별하게 애정을 남발하는 사내보다 차갑고 할 말 다 하는 이한열 같은 사내를 선호했다.

슥!

이한열이 계산대 쪽을 보니 어느새 탁둔원은 보이지 않았다.

저벅저벅!

이한열은 시발서점을 조용히 나섰다.

암천에 뜬 달과 별이 영롱하게 빛나는 가운데 길은 여전히 사람들로 북적거렸다. 밤이 깊어지면서 몰라보게 화사해진 옷차림의 여인들이 곳곳을 누비고 다녔다.

여인들은 집 밖을 나서는 것부터가 전쟁이었다. 전쟁에서 살아남기 위해 더욱 치열하게 꾸몄다.

특히 북경에서 살아가는 여자들은 더욱 그렇다.

화장과 장신구, 외모 가꾸기에 상당한 노력을 기울였다.

학사들이 과거에 급제하여 입신양명을 꿈꾼다면 여자들은 아름다운 치장과 꾸밈으로 부귀영화를 바란다.

그 둘은 이질적이지만 치열하게 노력해야만 성공할 수 있다는 본질은 같았다.

이한열의 눈이 길 곳곳을 훑었다.

시야에 비친 여인들의 외모뿐만 아니라 치열한 노력도 살폈다.

"오늘도 눈이 호강하는구나."

고개를 빳빳이 든 이한열이 여유롭게 걸었다.

아름다운 여인들을 감상하고 있는 그의 마음이 절로 풍족해졌다.

아름다움을 보고 있자 노력해야겠다는 생각이 절로 무럭무럭 자라났다.

"미녀를 차지하기 위해 더욱 땀을 흘리자."

이한열이 자신에게 주문했다.

아름다운 여자와 살기 위해서 그는 자신이 무엇을 해야 하는지 알았다.

북경 한가운데서 느긋하게 걸어가는 이한열의 눈이 이글이

글 불타올랐다.

"언젠가 저런 건물도 가져야겠지."

이한열의 눈에 십 층은 족히 넘어 보이는 건물들이 보였다.

북경에는 소위 마천루라고 불리는 높은 건물들의 수가 적지 않았다. 땅값이 비싸기에 건물 면적을 넓히기 위해 위로 높이 쌓았기 때문이다.

십 층이 넘는 마천루 건물들은 건축 비용이 엄청났다. 하지만 한번 짓고 나면 그 자체로 사람들이 몰려드는 명소가 됐다.

마천루 한 채를 가지고 있으면 십 대가 떵떵거리면서 지낼 수 있었다.

"북경에서 앞으로 해야 할 일이 참으로 많구나. 꼭 성공하자!"

이한열이 다짐하듯 말했다.

행복하게 잘 먹고 잘 살기 위해서 그는 거대한 북경의 한복판에서 스스로를 다시금 채찍질했다.

그는 미래를 준비하고 있는 학사였다.

땀 흘려 노력하고 있었지만 그도 사람이었기에 간혹 늘어지는 경우가 있다. 그럴 경우 지금처럼 스스로를 되돌아봤다.

그래도 안 될 경우에는…….

지긋지긋하게 가난한 삶을 살던 시절을 떠올렸다.

열악하기 이를 데 없던 그 시절보다 땀 흘려 공부하는 지금이 훨씬 행복했다.

어떤 어려움도 웃으면서 극복할 준비가 돼 있었다.

두근두근!

새로운 내일을 뜨겁게 준비하고 있는 그의 심장이 두근거렸다.

第八章
관공현

두리번두리번!

먼지를 잔뜩 뒤집어쓴 옷차림의 사내가 사방을 둘러보았다. 그의 등 뒤에는 철검이 하나 덩그러니 매달려 있었다.

난생처음 북경에 올라온 관공현이었다.

"와아!"

멋진 북경의 모습에 관공현이 입을 쩍 벌리고 연신 감탄했다.

산서성의 촌 출신인 그로서는 한 번도 보지 못한 참으로 크고 화려한 북경이었다.

"정말로 사람이 많구나. 사람에 치여서 죽을 수도 있다는 말이 실감난다."

관공현이 두리번거리면서 걸었다.

상행을 따라 북경에 온 그는 어디로 가야 할지 몰랐다.

낭인인 그가 이번에는 쟁자수로 합류했다.

때문에 북경에 온 상인들이 물건을 팔고 살 여섯 시진 동안 관공현에게도 자유 시간이 허락됐다.

자유 시간 동안 그는 북경을 돌아다녔다. 여섯 시진밖에 되지 않아 벌써부터 마음이 바빴다.

그의 수중에는 쟁자수로서 받은 은자 다섯 냥이 있었다. 돌아갈 때 다시 상행의 상단주에게 은자 다섯 냥을 더 받을 터였다.

은자 열 냥이 많아 보이지만 산서성에서 북경까지 오고 가는 시간을 따져 보면 절대로 많지 않았다.

두리번두리번!

그가 연신 주변을 살피면서 걸었다.

엄청나게 많은 사람들과 크고 높은 건물들의 모습에 주눅이 들었다. 허둥거리면서 걷고 있는 그는 영락없는 촌놈이었다.

"어? 여기에 서점이 있네."

정신없이 구경하면서 걷던 관공현이 중얼거렸다.

많은 사람들이 시발서점을 들락거렸다.

관공현은 잠시 동안 시발서점을 물끄러미 바라보았다.

"저곳에 좋은 무공비급이 있을까?"

관공현은 스승 없이 홀로 무공을 수련해 왔다.

화전민으로 살던 시절, 다친 낭인을 도와주고 운 좋게 삼재검법과 육합권을 배울 수 있었다.

필사적으로 두 개의 무공을 연마한 그는 지금껏 낭인으로 생활해 왔다.

그러면서 기연에 목말라 있었다.

그의 몇 안 되는 취미 가운데 하나가 바로 무협 소설 읽기였다.

나약해 빠진 그와 달리 무협 소설 속의 주인공들은 참으로 거침없는 삶을 살았다. 질풍노도처럼 살아가는 주인공에게서 그는 대리 만족을 얻었다.

"무협 소설에 보면 서점에서 절세적인 무공비급을 획득하는 경우가 많아. 저기에서 그런 무공비급을 얻을지도 몰라. 시발이라? 나의 새 출발이 저곳에서 시작될 수도 있어."

관공현이 시발서점으로 걸어 들어갔다.

"어서 오세요."

점원이 관공현을 보면서 반겼다.

"여기 무공비급과 무협 소설이 있는 서가가 어디인가요?"

"오른쪽에서 일곱 번째 서가에 무공비급이 있고, 여덟 번째 서가에 무협 소설들이 꽂혀 있어요."

"알았어요."

관공현이 고개를 살짝 숙이며 고마워했다.

그는 일곱 번째 서가에 도착해서 무공비급을 한 권 꺼냈다. '천왕절대무적권'이라는 거창한 제목의 무공비급이었다.

팔락팔락!

그가 책장을 넘기면서 주의 깊게 그 내용을 살폈다.

"엉터리네."

책장을 몇 장 넘기지 않은 관공현이 말했다.

무공에 미친한 그도 천왕절대무적권이 허무맹랑한 소리를 하고 있다는 건 곧바로 알아차릴 수 있었다.

그가 서가 앞에서 무공비급들을 하나둘씩 꺼내어 재빨리 읽어 보았다.

"이것도 아니야. 헛소리를 하는 책들이 많구나."

관공현이 중얼거렸다.

서가에 꽂혀 있는 무공비급들은 하나같이 어딘가 부족했다. 허무맹랑하거나 중요한 수련 방법이 빠져 있었다.

관공현으로서는 익힐 방법이 없는 무공비급들이었다.

관공현은 오랜 시간 무공비급들이 있는 서가에 머물렀지만 아무런 소득도 없었다.

"역시 기연은 아무에게나 허락되지 않는구나."

관공현이 힘없는 걸음걸이로 무협 소설들이 있는 서가로 움직였다.

그런 관공현을 시발서점의 점원들이 힐끔힐끔 쳐다보았다.

"무림인이야."

"책을 너무 오래 보고 있어. 사지는 않고 머릿속에 집어넣고 가려나 봐."

"가서 이러시면 안 된다고 한마디 해."

"싫어, 네가 말해."

점원들 가운데 어느 누구도 검을 휴대하고 있는 관공현에게 다가서지 않았다. 오랜 시간 책을 본다고 뭐라고 했다가 맞으면 괜히 자신만 손해였기 때문이다.

"쯧쯧쯧! 주인 정신이 없어."

탁둔원이 불만스러운 눈길로 점원들을 바라보았다.

그는 요즘같이 책이 잘 팔리지 않는 불경기에 돈을 주고 고용한 점원들의 행태가 마음에 들지 않았다.

"흠!"

"참! 책들을 정리해 놓았어야 했어."

"나도 해야 할 일이 있었지."

점원들이 죄라도 지은 것처럼 탁둔원의 시선을 피해서 움직였다.

"에이!"

탁둔원이 못마땅한 소리를 내며 점원들과 관공현을 번갈아 바라보았다.

어쩔 수 없이 그가 직접 나섰다.

"손님! 찾으시는 책이라도 있으시오?"

"저에게 맞는 책이 있는지 살펴보고 있는 중입니다."

관공현이 말했다.

"책들을 상세하게 살펴보고 있던데……."

"아! 죄송합니다. 제가 책을 보는 속도가 느려서요."

관공현이 고개를 숙이면서 진심으로 사죄했다.

수련해야 할 무공비급들을 허투루 고를 수는 없는 노릇이었다. 그리고 책값도 저렴하지 않기 때문에 처음부터 잘 골라야 했다.

"무협 소설도 그렇게 상세하게 살피면 안 되오. 서서 내용을 모조리 보면 책을 팔아서 살아가는 나는 어떻게 밥을 먹고 살겠소? 계속 서서 보면 구독료라도 받아야 할지 모르오."

탁둔원이 말했다.

많은 사람을 상대해 온 그는 눈앞의 무림인이 결코 막 나가지 않는다는 사실을 알아차렸다. 막무가내 성격이라면 애당초 고개를 숙이며 사죄를 하지도 않았을 것이다.

그렇지 않아도 그는 서점에서 책을 보거나 내용을 적어 가는 사람들 때문에 골치를 앓았다. 필요한 부분만 발췌해 나가는 사람도 적지 않았다. 심지어 책을 찢어 가거나 훔쳐 가는 사람들도 많이 늘어났다.

불경기 때문에 많은 사람들이 비싼 책값을 아끼려고 했다.

그로 인해 시발서점의 매출 역시 뚝뚝 떨어졌다.

이대로 계속 매출이 줄어든다면?

폐점까지 고려해야 할 지경에 이른다.

그렇기에 탁둔원은 직원들로 하여금 손님들에게 각별한 주의를 기울이라고 당부했다.

시발서점 사태의 불똥이 관공현에게도 튀었다.

"죄송합니다."

관공현이 재차 허리를 굽혔다.

"어떤 책을 찾는가?"

"잘 읽히는 재미있는 무협 소설을 찾고 있습니다."

"철혈도객 어떤가? 이번에 신작으로 나온 책인데……."

"읽었습니다."

"용권풍 작가의 작품들을 모두 보았나?"

"용권풍 작가님의 책은 저와 맞지 않더군요."

관공현이 말했다.

용권풍 작가의 책이 재미가 없는 것이 아니라 그의 취향과 맞지 않았다. 시장에서 좋은 평가를 받고 있는 용권풍 작가였지만 여인들과의 애정 관계를 그는 좋아하지 않았다.

그건 태어나서 여자 손목 한 번 제대로 잡아 보지 못한 관공현의 슬픔이자 반항의 발로였다.

가난하고 별 볼 일 없는 삼류 낭인인 그에게 연인은 한 번도 없었다.

"그런가? 특이한 취향이군."

탁둔원이 관공현을 위아래로 바라보았다.

그는 강호 미인들과의 애정 관계를 사실감 있게 그리는 용권풍 작가의 작품을 싫어하는 남자를 거의 보지 못했다.

이상한 시선을 느껴서일까?

"착각하지 마십시오. 저는 남자는 싫어합니다."

관공현이 정색하며 말했다.

"험! 내가 무슨 착각을 했다고 그러는지 모르겠군."

탁둔원이 헛기침을 내뱉었다.

그렇지 않아도 관공현이 남자를 좋아할지도 모른다고 의심했기 때문이다.

실제로 북경의 고관대작들 가운데에는 여자들보다 미소년을 찾는 경우가 종종 있었다.

여자들보다 미소년에게 진정한 아름다움이 있다던가?

확실히 세상에는 각양각색의 사람들이 다 존재했다.

"봉황송 작가의 작품은 어떤가?"

"혈마라는 작품은 좋아합니다. 하지만 그 이후의 작품들은 저와 맞지가 않더군요."

관공현의 취향은 독특한 가운데 확실했다.

이후로도 탁둔원이 몇몇 무협 소설들을 더 이야기했지만 관공현은 고개를 가로저었다.

모두 보았거나 취향이 맞지 않는 책들이었다.

"자네, 참으로 많은 무협 소설을 읽었군."

"예. 재미있고 유익하니까요."

관공현은 무협 소설에서 대리 만족을 격하게 받았다.

게다가 무협 소설들 가운데 무학사들이 쓴 글들은 내용 면에서는 부족할지 몰라도 무학적인 면에서는 도움이 되었다.

그래서 스승 없이 독학을 한 그는 더욱 무협 소설에 빠져들었다.

그리고 책을 보는 데 그렇게 많은 돈이 들지도 않았다. 구매한 책을 다른 서점에 가서 되팔거나 다른 책과 교환하면서 약간의 돈만 얹어 주면 됐기 때문이다.

"다른 책은 없나요?"

관공현이 물었다.

그의 물음에 탁둔원이 미치겠다는 표정을 살짝 지었다.

북경에서도 상당히 많은 무협 소설을 소장하고 있는 시발서점이었다. 그런데 북경 밖에서 온 무림인에게 판매할 책이 없다는 사실이 황당했다.

그때 그의 뇌리를 스치고 지나가는 책이 하나 있었다.

“낭인장고라는 책이 있네.”

잠시 망설이던 탁둔원이 입을 열었다.

“낭인이라? 좋네요. 그런데 평은 어떤가요?”

관공현이 예리한 질문을 날리자 탁둔원이 당황한 기색을 드러냈다.

그렇다고 책 하나를 판매하기 위해 거짓말을 할 수도 없는 노릇이었다.

“신인 작가의 책인데 그 내용이 좀 거친 편이네. 주인공이 비열하고 나쁜 짓도 서슴지 않지.”

탁둔원은 관공현이 책의 평을 듣고 실망할 것이라 예상했다.

그런데…….

그의 예상과 정반대의 상황이 벌어졌다.

“그래요? 딱 제 취향의 책이네요.”

관공현이 기뻐했다.

낭인으로 살아가고 있는 그는 때로 나쁜 의뢰도 맡아서 해야 했다. 깨끗하게만 살기에는 세상이 너무 험악했다.

관공현은 거칠고 험한 세파에 이리저리 나부끼는 삼류 낭인에 불과할 뿐이었다.

"정말 괜찮겠나?"

"좋아요. 괜히 성인군자인 척하는 주인공보다 오히려 낫네요."

관공현이 말했다.

낭인 출신의 주인공이 착한 일만 하면서 냅다 퍼주기만 한다면 오히려 크게 실망했을 것이다.

"자네는 정말 특이한 취향의 독자군."

"특이하다기보다 정직하다고 말씀해 주세요. 낭인으로 세상을 살아가다 보니까 이렇게 되더라고요."

관공현이 삼류 낭인인 자신에 대해서 밝혔다.

"책의 주인공과 같은 직업을 가졌군."

"예, 취향도 같고 내용도 제 마음에 쏙 드네요."

"흠! 이건 자네를 위해 준비된 책이군."

탁둔원이 서가 최하단에서 낭인장고를 찾았다. 그런데 아무리 찾아봐도 가장 아랫부분에 있을 책이 보이지를 않았다.

"어라? 없네."

"책이 없다고요?"

오랜만에 마음에 쏙 드는 책을 찾은 관공현의 안색이 굳어졌다.

"팔렸나? 그럴 리가 없는데……."

탁둔원이 중얼거렸다.

그는 점원들에게 낭인장고가 팔렸다는 이야기를 듣지 못했다.

그렇다면 책이 남아 있어야 정상이었다.

"책 도둑이 훔쳐 갔나?"

그가 고개를 갸웃거렸다.

"저도 찾아볼게요."

관공현이 서가를 뒤적거렸다.

"거기에는 없다네. 책이 하도 안 팔려서 가장 아랫부분에 꽂아 놓았어."

서가의 가운데를 살피고 있는 관공현을 보면서 탁둔원이 말했다.

책들이 가장 잘 보이는 높이에는 잘 팔리는 책들만을 선별해서 모아 뒀다. 그래야 매출이 잘 나오기 때문이다.

"여기 있네요."

책을 찾아낸 관공현이 환하게 웃었다.

"정말로? 그 책이 거기에 있었나?"

관공현이 앞으로 내민 책 위에는 낭인장고라는 글씨가 선명하게 쓰여 있었다.

"이해할 수가 없군. 점원들 가운데 한 명이 책을 옮겨 놓았나?"

탁둔원이 고개를 갸우뚱거렸다.

"아무려면 어떻습니까? 책을 찾았으니 좋은 일이지요."

"자네에게는 좋은 일이지만 서점을 운영하는 나에게는 단순한 일이 아니라네."

만면에 웃음을 짓고 있는 관공현을 보면서 탁둔원이 심각하게 말했다.

서점에서 책의 위치는 중요했다. 아무렇게나 꽂아 두면 책들이 뒤죽박죽 엉망이 되어 버리고 만다.

점원들이 하는 일 가운데 가장 큰일이 바로 책의 정확한 위치 알기였다. 손님들이 찾는 책을 빠른 시간에 찾아 줘야만 했기 때문이다.

만약 제 위치에 있지 않으면 수많은 책들 가운데 원하는 책을 찾는 것이 어려웠다.

팔락팔락!

관공현이 책을 빠르게 넘겨 보았다.

그는 속독으로 잠시 책의 내용을 살펴보려고 했다.

가난한 장고의 삶이 사실적으로 묘사된 어린 시절이 그의 마음에 쏙 들었다. 삼재검법과 육합권을 익히고 있는 주인공의 훈련 방법 또한 지극히 정석적이었다.

그런데 그 수련법을 설명한 내용이 예사롭지 않았다.

"응?"

관공현의 눈에 이채가 어렸다.

수련법이 예사롭지 않다는 말은 특별하다는 말이 아니었다.

"아! 이런 내용이었구나."

관공현이 부지불식간에 중얼거렸다.

우연찮게 그도 소설 속의 주인공 장고처럼 삼재검법과 육합권을 익히고 있었다.

그가 익힐 수 있는 무공이 그 두 가지뿐이었다.

그렇기에 낭인에게 배웠던 대로 삼재검법과 육합권만을 죽어라고 익혔다. 무공들의 묘리와 해석을 배운 대로, 그리고 낭인으로 살면서 익힌 대로만 알아 왔다.

그런데 낭인장고가 보여 주고 있는 삼재검법과 육합권은 참으로 체계적이었고, 그 체계적인 내용에 대해서 자세하게 풀이돼 있었다.

그는 책의 글귀에 푹 빠져들었다.

삼재검법과 육합권을 설명하는 글귀 하나하나가 그의 가슴을 찌르르 울렸다.

"왜, 책이 마음에 들지 않는가? 그럼 사지 말게."

탁둔원이 말했다.

그는 좋지 않은 책을 억지로 관공현에게 팔 생각이 없었다.

"아닙니다. 꼭 살 겁니다."

관공현이 강하게 말했다.

언뜻 봤을 때도 낭인장고는 그에게 무척이나 필요한 책이었다. 그저 아무렇게나 무공을 배우고 익혔던 그에게 복음서나 마찬가지였다.

"얼마입니까?"

"원래 두 냥을 받아야 하지만 은자 한 냥만 주게나."

"여기 있습니다."

그가 전낭에서 은자 두 냥을 꺼내어서 탁둔원에게 건넸다.

"은자 한 냥이라니까."

"아닙니다. 이처럼 값진 책은 할인받아서 살 수 없습니다."

관공현이 은자 한 냥을 돌려주려고 하는 탁둔원을 만류했다. 마음 같아서는 수중에 있는 돈 모두를 주고 싶었다.

삼재검법과 육합권을 자세하면서 깊이 있게 알려 주고 있는 낭인장고는 참으로 그에게 필요한 내용을 담고 있었다.

삼류 낭인인 그가 빨리 일독했는데도 불구하고 그 내용을 모두 이해했다. 알기 쉽게 설명해 놓은 글귀들이 그의 이해를 도왔다.

선인지로란 삼재검법의 초식은 관공현이 즐겨 사용하는 초식 가운데 하나였다.

그는 지금까지 선인지로를 그저 허공에 직선으로 쭉 긋는 간단한 동작이라고만 여겼다. 그런데 직선이 점과 점을 잇는 가장 빠른 선이라는 의미를 처음으로 알았고, 때에 따라 호선이나 곡선이 직선보다 더욱 빠를 수도 있다는 걸 알았다.

삼재검법을 오랜 시간 익힌 그였지만 정작 초식들이 의미하는 바를 정확하게 알지 못했다.

그런데 낭인장고는 그런 초식의 내용을 쉽게 이해할 수 있도록 해놓았다.

"봉사가 눈을 뜬 기분입니다."

관공현이 감격하여 부르짖었다.

"허허허!"

소리치는 관공현의 모습에 탁둔원이 당황한 웃음소리를 터트렸다.

"소요서생 작가의 다른 책 있습니까?"

"신인 작가의 첫 작품이라네."

"아! 정말로 안타깝군요."

관공현이 아쉬워했다.

그는 소요 작가의 다른 작품이 있다면 구하기 위해 북경 전역을 쏘다닐 작정이었다.

"소요서생 작가를 만나 볼 수 있을까요?"

"불가능하지."

"그렇겠죠. 이런 훌륭한 작품을 쓰신 분이 저 같은 사람을 만나 줄 리가 없지요."

"그런 말이 아니라네. 필명을 사용하여 누구인지 모르기에 만날 수가 없다는 말이야. 이쪽 계통에선 본래 이름을 내걸고 쓰는 작가가 많지 않아."

"그렇군요. 혹시라도 작가를 알게 되면 알려 주세요. 작가님을 꼭 한번 만나 뵙고 싶어요."

관공현이 부탁했다.

낭인장고는 바로 그의 이야기이기도 했다.

낭인장고의 성장을 보면서 그의 마음이 촉촉하게 젖어들었다.

그는 작가인 이한열에게서 또 다른 가르침을 받고 싶었다.

책으로 전하는 가르침도 이렇게나 훌륭했다.

만약 이한열에게 직접 사사한다면 그것이 얼마나 대단할지 관공현은 감히 짐작도 하지 못했다.

부르르! 부르르!

생각만 해도 감격에 빠져들었다.

"그런데 진짜로 그 내용이 마음에 드는가?"

탁둔원이 미심쩍어하면서 물었다.

책의 어디가 그렇게 좋은지 그로서는 이해를 하지 못했다.

"좋은 정도가 아니지요. 저와 같은 삼류 낭인에게는 숨이 넘어갈 정도로 환상적인 책입니다."

한 치의 망설임도 없이 관공현이 부르짖었다.

삼재검법과 육합권은 낭인들에게 널리 활용되고 있는 무공들이다.

손쉽게 구할 수 있기 때문이다.

그렇기에 그는 삼재검법과 육합권이 단순히 기초적인 하찮은 무공이라고만 여겼다.

하지만 아니었다.

삼개검법이 꾸준하게 성장하면 그 자체로 뛰어난 절기가 될 수 있다. 거기까지 엄청난 수고와 시간을 쏟아부어야 하지만…….

바로 책 속의 장고가 그런 경지를 보여 줬다.

어떤 사람이 어떻게 익혔느냐에 따라 삼재검법과 육합권도 절기가 될 수 있었다.

"그렇게나 환상적인 책이란 말이지……."

탁둔원이 중얼거렸다.

'몇 부 필사해서 비치해 놓아야겠군. 낭인들에게 추천하면 잘 팔릴 수도 있겠어.'

그는 낭인장고를 몇 부 필사하기로 결정했다.

서점 주인인 그에게 잘 팔리는 책은 곧 돈이었다.

"이만 가보겠습니다. 다음에 북경에 오면 또 들르겠습니다."

관공현이 고개를 숙여 인사한 뒤 빠르게 밖으로 뛰쳐나갔다. 촌각이라도 빨리 한적한 곳에서 책을 읽고 싶었다.

“서점 장사를 오래 했지만 저렇게 감사해하면서 책을 사가는 고객은 처음이군.”

탁둔원이 멀어져 가는 관공현의 등을 바라보며 중얼거렸다.

第九章

호산일람상

돌을 다루는 풍우소의 작업장은 북경의 외곽 지역에 자리를 잡고 있었다. 중원에서 이름난 석공들이 나라의 녹을 먹으면서 일한다.

중원과 새외에서 가지고 온 돌들을 석공들이 정과 망치로 때리고 있었다.

따앙! 땅!

선명한 소리가 작업장 도처에서 울렸다.

"여기가 바로 풍우소로구나."

이한열이 활기가 넘치는 작업장을 둘러보며 말했다.

뜨거운 태양 아래에서 석공들이 분주하게 움직이고 있었

다. 돌가루를 잔뜩 뒤집어쓰고 있는 석공들의 몸에서 열기가 마구 뿜어졌다.

돌을 조각하는 데 있어 북경제일, 아니 중원제일이라고 알려진 곳이 바로 풍우소였다.

작업장으로 들어서는 입구에는 용사비등한 필체가 새겨진 '풍우소'라는 현판이 걸려 있었다.

"어떻게 오셨습니까?"

중년인이 단령을 입고 있는 이한열을 살피면서 조심스럽게 물었다.

단령은 문무 관원들이 입는 공복으로, 깃이 둥글고 소매가 넓으며 길이는 발뒤꿈치까지 내려오는, 위아래가 붙은 포를 말한다.

이한열의 단령에는 주자소 종칠품 부정자를 알리는 문양이 새겨져 있었다.

"부정자 이한열이라고 하오."

"석공 송청일이 부정자를 뵙습니다."

송청일이 이한열에게 허리 숙여 정중하게 인사했다.

"해태 조각을 부탁하러 왔소이다."

이한열이 말했다.

주자소 앞에는 해태 조각상이 세워져 있었다.

주자소의 번영과 화재 예방을 위해 만들어진 해태 조각상은 세워진 지 백 년이 넘은 탓에 오랜 세월 비바람을 맞아 형상이 많이 흐릿해졌다.

그렇기에 이한열은 상부에 해태 조각상을 바꾸자고 건의했다.

건의는 받아들여졌고, 이한열이 직접 해태 조각 의뢰를 부탁하기 위해 풍우소까지 찾아왔다.

"그러시군요."

"대원석공에게 안내해 주시오. 그분에게 의뢰를 하기로 이미 상부와 이야기를 끝냈소이다."

이한열이 말했다.

종칠품 대원석공은 풍우소에서 가장 실력이 뛰어난 석공을 의미한다.

"안으로 모시겠습니다."

송청일이 이한열을 데리고 풍우소 작업장 안으로 깊숙이 들어갔다.

십여 그루의 아름드리 매화나무들이 둘러싸고 있는 공터에는 한 채의 집이 있었다.

공터 한쪽에서 머리카락과 수염이 하얀 한 노인이 호수와 산의 풍광을 조각한 돌조각상을 묵묵히 바라보고 있었다.

"아버지."

송청일이 노인에게 공손히 말을 건넸다.

슥!

노인이 호산일람상에서 시선을 거두고 고개를 돌렸다.

대원석공 송진완의 눈매는 깊고 그윽했다.

고희가 넘었지만 그의 피부는 매끄러웠고, 눈빛에는 힘이 넘쳤다.

"이 시간에는 방해를 하지 말라고 했거늘……."

송진완이 말하면서 한쪽에 있는 망치를 집어 들었다.

휘익!

망치가 송청일의 머리를 향해 내리꽂혔다.

위험천만한 상황이 벌어졌다.

슥!

하지만 송청일의 대응은 눈부셨다. 허리춤의 망치를 꺼내어서 막은 것이다.

"첫! 무식하게 망치를 휘두르면 어떻게 합니까? 머리통 깨질 뻔했잖아요."

송청일이 빽, 하고 소리를 질렀다.

"사색의 시간을 방해한 네놈은 당해도 싸!"

"매번 조각만 바라보면 쌀이 나와요, 밥이 나와요? 이제 좀 그만하세요."

"이런 무지한 놈! 조각을 한다는 놈이 고금제일석공의 작품을 몰라봐!"

송진완이 대노했다.

파르르! 파르르!

그의 수염이 흔들렸다.

“도장석 석공의 작품이 훌륭하다는 건 인정해요. 하지만 그것에 거창한 의미를 부여하는 건 말이 안 된다고요. 조각이란 그저 공간에 실재하는 하나의 덩어리에 불과해요.”

송청일이 부르짖었다.

그의 마음 깊은 곳에서 울려 나온 목소리였다.

그가 어린 시절부터 도장석의 작품을 미친 듯이 탐닉하던 부친이었다. 송진완은 집안을 팽개치고 오직 조각에만 미쳐서 살았다.

배운 것이 도둑질이라고, 석공 송진완 밑에서 자란 송청일도 한 명의 석공이 되었다.

하지만 송청일은 조각이란 그저 단순히 돌을 쪼개고 다듬는 것이라고만 여겼다. 거기에는 아버지 송진완에 대한 반항도 섞여 있었다.

“멍청한 놈! 아는 만큼 보이는 법이다. 조각의 형상은 사람에게 문장이 되어서 전해진다. 조각이란 시처럼 압축되고 축약된 뜻을 감싸 안고 있다. 조각은 단순히 형태를 보이는 것이 아니다. 조각을 통해서 불특정 다수를 향해 말을 건네는 것이다. 들으려고 하지 않는 사람들은 결코 그 뜻을 알 수 없어."

"그런 식으로 따지면 티끌에도 세상을 담을 수 있는 법이에요. 세상에서 하찮게 여기는 조각을 너무 대단하게 여기지 마세요."

"자신이 하는 일을 하찮게 여기는 한심한 녀석! 넌 네 눈앞에 있는 호산일람상의 대단함을 모른단 말이냐?"

송진완이 일갈했다.

호산일람상은 고금제일석공 도장석이 직접 만든 조각이다.

조각을 하는 사람들 가운데 있어 도장석만큼 유명한 인물은 전무후무했다.

도장석은 천하를 종횡하면서 많은 일화를 남겼고, 수많은 이적을 벌였다.

조각을 다루는 석공들의 기술 발전에도 지대한 공헌을 해 석공들의 기술을 삼 단계 이상 끌어올렸다는 평가를 받는다.

그렇기에 그는 석공들에게 있어 석성으로 불렸다.

도장석은 돌을 다루는 데 있어 뛰어난 인물이었을 뿐만 아니라 무공에도 탁월한 재능을 지녔다.

천하를 돌아다녔던 석성 도장석은 조각 기술을 체계화했으며, 많은 작품들을 남겼다.

그리고 그의 작품들은 무공의 뜻도 품고 있었다.

호산일람상에도 무공이 담겨 있었고, 그 호연지기를 일부 깨달은 송진완이었다.

그는 그런 호연지기의 법을 아들 송청일에게도 전수했다.

송진완이 다짜고짜 망치를 휘둘렀지만 실상 송청일이 맞을 가능성은 하나도 없었다.

"뭐가 대단하다는 건가요? 만약에 제가 다른 무공을 익혔으면 벌써 절정 고수가 되고도 남았어요. 호산일람상에서 배운 이상한 심법 때문에 오히려 큰 손해를 봤다고요!"

송청일이 소리쳤다.

"아!"

송진완이 아픈 탄성을 내뱉었다.

터엉!

그의 손에 들린 망치가 땅바닥에 떨어져 내렸다.

거침없이 쏟아 내는 송청일의 말로 인해 그는 비로소 자신의 일생을 돌이켰다. 석공으로 살아온 세월이 육십 년에 이르렀다.

석공으로 살기에 중원의 삶은 불순하고 열악하다.

그런 열악한 환경 속에서 송진완은 그저 묵묵히 석공의 일에만 몰입했다. 그리고 그런 삶을 아들 송청일에게도 거듭 강요했다.

"작업실에만 있지 말고 집에도 들어오세요. 어머니가 기다리고 계세요."

송청일이 그 말과 동시에 고개를 돌렸다.

"민망한 모습을 보여 드려 죄송합니다."

그가 한쪽에 서 있는 이한열을 향해 살짝 고개를 숙였다.

하지만 이한열은 호산일람상에서 시선을 떼지 못하고 있었다. 부자의 시끄러운 말다툼에 신경 쓰지 않고 오직 호산일람상만을 유심히 살폈다.

이한열의 귀에는 송청일의 목소리가 들려오지 않았다.

"큭!"

송청일이 그런 이한열의 모습에 입매를 비틀었다.

이한열에게서 송진완의 모습을 발견한 그는 거칠게 등을 돌렸다.

"……."

이한열은 호산일람상을 바라보며 말을 잃어버렸다.

호젓하면서 햇빛이 비치는 호수와 산의 풍경이 조각을 통해 고스란히 드러났다. 단출하게 보이는 풍경이 일상에서 볼 수 있는 평범한 광경이었다.

그런데 호수와 산의 풍광을 조각한 작품에는 등을 구부리고 호수를 바라보는 한 사람이 있었다. 조각배에서 낚싯대를 늘어뜨리고 있는 사람이 세속적인 데 휩쓸리지 않고 고고하게 자리하고 있었다. 기존의 격식에 얽매이지 않은 탈속적인 분위기가 흘렀다.

세상을 피해 숨은 은일지사!

세상과 단절된 듯 연결된 은자가 있는 듯 없는 듯 자신을 스스로 지키고 있었다.

그 깊이 있는 은일지사의 기운이 이한열의 심상에 전달됐다.

호산일람상에서 일어난 기운들이 이한열이 아는 한도만큼 그 진실한 부분을 살짝 보였다.

부르르! 부르르!

이한열은 조각과 세상의 경계에서 전율했다.

단순한 조각상이 아니라 하나의 생명을 지닌 생명체라고 해도 결코 지나치지 않았다.

"아! 정말 대단한 작품이로구나."

이한열이 부지불식간에 탄성을 내뱉었다.

숨을 죽이고 그 모습을 지켜보고 있던 송진완이 그에게 다가왔다. 이한열이 삼매경에 빠져든 짧은 시간 동안 그의 얼굴이 십 년은 더 늙어 보였다.

"무엇을 느꼈는가?"

송진완이 처연한 음성으로 물었다.

"……."

이한열은 그런 송진완을 물끄러미 바라보았다.

호산일람상을 보며 느낀 점을 뭐라고 말해야 할지 고민이 되었다.

"제발 알려 주시게."

송진완이 고개까지 숙이면서 진심으로 부탁했다.

그는 이한열이 부러우면서 미웠다.

십 년이 넘는 세월 동안 호산일람상을 지켜보고 있었음에도 그는 그 진실한 뜻을 알지 못했다. 단지 겉껍질만 핥았을 뿐이다.

그렇기에 그는 단 한 번도 호산일람상 삼매경에 빠져 본 적이 없었다.

그런데 이한열은 호산일람상을 처음 본 순간 그대로 삼매경에 빠졌다.

새하얗게 불태우고 있는 이한열을 지켜보면서 송진완은 삼매경을 강제로 깨뜨리고자 하는 못된 마음까지 먹었다.

하지만 그는 가까스로 그런 나쁜 마음을 억눌렀다.

"은자의 마음을 느꼈습니다."

이한열이 순순히 깨우친 부분을 알려 줬다.

단령을 입은 그에게서 알 수 없는 신비로움과 위압감이 동시에 흘러나왔다. 은인의 마음, 얽매이지 않는 초탈한 기운이 어렸다.

호산일람상을 보면서 깨우친 질박한 초탈함이 지금 순간

이한열과 함께했다.

'입 밖으로 말한 순간 진리는 진리가 아닌 것이지.'

이한열의 입가에 기묘한 웃음이 걸렸다.

호산일람상이 은자의 마음을 알려 준다고 해도 그걸 송진완이 깨우칠 가능성은 극히 희박했다. 단순히 말로 전달해서 알 수 있는 뜻이 아니었기 때문이다.

압축되고 축약된 뜻은 타인에게 건너가는 순간 이질적으로 변화한다.

"은자…… 은자의 마음이었던가?"

송진완이 호산일람상을 보면서 중얼거렸다.

오랜 세월 느끼려고 했던 뜻을 실제로 알게 된 그는 감격에 젖었다.

하지만 그 감격은 송진완의 것이 아니라 이한열에게 빌린 것이었다.

홀로 노력하여 깨우치지 못했기에 이제 송진완이 온전히 호산일람상의 뜻을 알려면 더욱 험난한 가시밭길을 걸어가야 한다.

뜻으로 전하는 호산일람상의 가르침은 일반적인 상식과는 궤를 달리했다.

하지만 평범한 송진완은 그런 사실을 알지 못했다.

호산일람상을 십 년 넘게 옆에 끼고 있으면서도 깨우치지 못한 송진완의 한계였다.

"정말로 환상적이로군요."

이한열이 호산일람상 앞으로 다가서며 말했다.

가까이서 바라보니 그 느낌이 더욱 새로웠다.

그 느낌을 말로 간단하게 표현한다는 건 있을 수 없는 일이었다.

"상식을 초월한 걸작이지."

송진완이 아련한 눈빛으로 호산일람상을 일견했다.

그의 눈빛에 슬픈 빛이 가득 찼다.

이한열을 통해 호산일람상의 신비를 안 그는 심정이 착잡하였다. 살아온 세월이 허무하게 느껴졌기에 진한 슬픔이 말과 행동에 스며들었다.

"어떻게 초월한 뜻을 인지했는가?"

"글쎄요. 말로 표현하기가 참으로 애매하군요."

이한열이 고개를 주억거렸다.

분명히 경험했고, 그 안에 흔적이 남았다.

하지만 그걸 인지한 과정을 설명하라고 하니 난해했다.

봄이 오면 그 뒤에 여름이 따른다.

사계절의 순환을 아는 것과 자연의 이치를 아는 건 전혀 다른 문제이다.

"물이 위에서 아래로 흐르는 것처럼 자연스럽게 흘러들어

왔다고 할까요?"

이한열이 말했다.

초월은 장자의 무위사상의 핵심이다.

장자는 유형무형의 모든 속박으로부터 벗어나 자유로 충만한 영원한 초월을 이야기했다. 초월은 세속에 물들지 않은 고아한 품격과도 이어진다.

그리고 세속적인 욕심을 버린 문인들의 탈속함은 청백리와도 연결되었다.

황제는 조정과 백성들을 행복하게 하는 청백리를 원했다.

그렇기에 초월은 과거에 자주 등장하는 단골 문제였다.

이한열은 초월에 대한 이론적인 부분은 체계적으로 탄탄했다. 그런 바탕 위에 외문무공을 익히면서 느낀 호연지기가 더해졌다.

그리고 얼마 전에 읽은 사갈철왕 자서전의 신비로운 경험이 결정적이었다.

이외에도 다른 요인들이 복합적으로 작용하면서 호산일람상에 서린 은자의 마음을 받아들였다.

"어떻게 하면 그처럼 자연스러울 수 있는가?"

초췌한 안색의 송진완의 눈빛에서 뜨거운 열기가 일렁거렸다.

그 눈빛은 석공의 뜨거운 마음가짐이었다.

호산일람상처럼 뛰어난 걸작을 만들어 내고야 말겠다는 의지의 표명이었다.

그 눈빛과 마주친 이한열은 송진완의 단단한 열정을 일부나마 인정하지 않을 수 없었다.

"은자의 마음을 알려면 은자가 되어야겠지요."

"그렇지. 그렇다면 세속을 떠나야만 하겠군. 산과 호수 옆에 홀로 앉아서 세상의 더러움에서 벗어나야 하는 거야."

송진완이 잔뜩 흥분했다. 그의 말에는 광기마저 일렁거렸다. 그는 기존의 답답한 실력에서 벗어나 새로운 발걸음을 내딛기 위해서라면 거추장스러운 신분과 가족 등은 당장이라도 버리고 떠날 수 있었다.

은자는 위진 시기 이래 산림과 초야에 은거함으로써 혼탁한 현실로부터 자신의 도덕적 순결을 지키려는 마음가짐에서 비롯됐다. 그리고 심산유곡에 들어앉아 마음의 평안과 자유를 찾았다.

은자들은 맑고 그윽하며 고요한 정신을 추구했다.

"그것이 아니지요. 세상을 등진다고 해서 은자라고 할 수는 없어요."

이한열이 고리타분한 송진완의 생각에 일침을 가했다.

"무슨 뜻인가?"

놀란 송진완이 이한열을 바라보았다.

"오랫동안 혼자만의 고독을 씹는다고 해서 은자가 되는 건 아니지요. 그렇지 않습니까?"

이한열이 말했다.

말없이 고개를 끄덕거리던 송진완의 표정이 심각해졌다. 그가 두 눈을 크게 뜨고 이한열을 바라보았다.

슥!

이한열이 어깨를 한 번 으쓱거렸다.

"저도 제대로 아는 건 아닙니다만……."

"무슨 소리인가? 자네는 단번에 호산일람상의 기상을 취하지 않았는가! 제발 아는 걸 알려 주게."

"확실하지 않습니다. 그래도 괜찮습니까?"

"물론이네."

"은자는 행복을 추구하는 사람입니다."

"행복?"

송진완의 두 눈이 반짝였다.

"은자는 세상을 등지는 것이 아니라 행복하여 세상을 모두 가지는 사람이지요. 버렸기에 채울 수 있다는 의미이기도 합니다."

이한열의 말은 계속됐다.

"그렇군. 행복이라……. 행복이 최고인 것 같아!"

송진완은 이한열의 말에 푹 빠져들었다.

"행복을 찾으려면 어떻게 해야 합니까?"

"……."

이한열의 물음에 송진완은 침묵했다.

고희가 넘도록 살아왔지만 그는 여전히 행복을 찾지 못하고 있었다. 오히려 부인과 자식 사이에서 불협화음만 점점 크게 일어났다.

"내면의 소리에 귀를 기울이세요."

"쉽게 설명을 해주게."

"어린아이를 생각해 보세요. 천진무구한 아이들은 순수하게 마음이 가는 대로 행동합니다. 어린아이처럼 내면의 소리대로만 행동하면 됩니다. 성장하면서 세속의 더러움에 물든 어른들은 순수한 마음으로부터 멀어지죠. 마음을 순수하게 되돌리기 위해서는 행복해야 합니다. 행복은 만드는 것이 아니고 사과나무에서 과일이 열리듯이 열려 나오는 겁니다."

이한열이 말했다.

그건 그의 가치관이기도 했다.

사람들은 누구나 즐겁게 살 수 있기를 바라고 행복할 수 있기를 원한다.

인간의 삶은 바로 행복을 찾아가는 길이다.

인생은 행복의 여정이다.

행복은 모든 것과 연결된다.

말하자면 결국 초월이다.

"나는 나를 위해서 살아갑니다."

이한열이 싱그럽게 웃으며 말했다.

자신을 위해서 살아가는 삶!

그 의미는 지극히 개인적이었다.

"내가 행복해야 주변 사람들도 비로소 행복해질 수 있습니다. 나를 위해서 살아가는 삶은 바로 타인을 위한 것과 같지요."

이야기를 하면서 이한열은 가슴이 벅차올랐다. 그의 행복론은 열악한 삶 가운데 노력하면서 터득한 것이다.

그의 얼굴에 환한 미소가 번졌다.

"나는 나를 위해서 살아가고 있지만 결코 행복하지 않아! 어떻게 하면 행복해질 수 있는가?"

송진완이 다급하게 물었다.

오래전부터 가족까지 방치해 가면서 호산일람상에 매달렸다. 하지만 그럴수록 그는 더욱 호산일람상에서 멀어져 갔다.

"그건 잘못된 길을 가고 있기 때문이지요. 가까운 가족들의 불행을 알고 있으면서 오직 자신의 욕구만을 채운다면 그것이 올바른 길일까요? 가족들을 행복하게 해주면서 할 수는 없나요? 자신이 쌓은 업이 스스로의 발을 붙잡는 겁니다."

이한열이 말했다.

마음!

뜻!

마음이 뜻과 만나 감정적으로 일어난다.

이한열의 순수하고 행복한 마음이 호산일람상의 뜻과 만나서 신비로움을 체험했다. 만난 요소들이 맞물려 돌아가면서 기연을 만들었다.

과거에 급제하기 위해 머리 싸매고 공부한 것도 궁극적으로 행복 추구였고, 외문무공을 익히고 있는 것도 본질적으로 행복 추구였으며, 돈을 벌어들이는 것도 결국 행복 추구였다.

높은 산에서 조그만 물줄기가 생겨나고, 조그만 물줄기가 여럿 모여서 시냇물을 만든다. 시냇물들이 합쳐져서 강을 이루고 마침내 큰 강이 되어 바다를 만난다.

마음과 행복은 높은 산에 있는 물이고, 바닥에서 출렁이는 물이기도 하다.

이런 이치는 지극히 오묘해서 말로 설명하기가 너무나도 어렵다.

이한열의 말에는 세상의 중요한 이치가 녹아들어 있었다.

"아, 내가 무심했구나! 황량해진 마음이었기에 도를 알 수 없었던 것이다."

송진완이 부르짖었다.

그는 자신의 지난 세월을 돌이켜 보았다. 그리고 행복한 표정을 지은 적보다 안타까워하고 슬퍼했던 시간이 더욱 많았음을 자책했다.

"늦었다고 자각할 때가 정말 늦은 겁니다. 그러니 지금부터라도 당장 바꾸세요."

"지금 당장 아들과 부인에게 가봐야겠어!"

송진완이 부리나케 밖으로 뛰쳐나갔다.

홀로 남겨진 이한열은 그런 송진완을 바라보면서 중얼거렸다.

"되는 대로 말을 했는데 하다 보니 체계적으로 됐군."

본인이 스스로 말해 놓고도 놀랐다.

찰거머리처럼 물고 늘어지는 송진완을 상대로 그저 약간의 느낀 점만 이야기하려고 했다. 그러면서 불협화음을 내는 부자의 관계를 화해시키기 위해 약간의 양념을 곁들였을 뿐이었다.

"고금제일석공 도장석에 대해 잘 알고 있는 사람인데 심산유곡으로 떠나 버리면 곤란하지."

이한열이 중얼거렸다.

그가 풍우소에 온 것은 결코 우연이 아니었다.

그는 도장석에 대해 조사하고 있었고, 풍우소의 대원석공 송진완에 대한 소문을 들었다. 그렇기에 해태 제작을 의뢰하면서 송진완에게 접근한 것이다.

"그리고 내 곁에 있어야 얻는 것이 더욱 많지."

심산유곡에서 홀로 고독을 씹으며 조각을 하는 것보다 이한열의 옆에서 교육과 설명을 듣는 편이 훨씬 송진완에게 이득이었다.

"겸사겸사 내 일을 도우면서……."

이한열은 이제 보이지 않는 송진완을 떠올리면서 말했다.

스승으로 지도하며 송진완을 아랫사람으로 부릴 생각에 절로 즐거운 기운이 피어났다.

슥!

고개를 돌린 이한열은 덩그러니 놓인 호산일람상을 바라보았다. 때마침 하늘에 붉은 석양이 타올랐다. 붉은 석양에 비친 강과 호수가 색다른 분위기를 풍겼다.

시간과 공간을 잃어버린 이한열의 마음이 호산일람상으로 빨려 들어갔다.

세상이 점점 그에게서 멀어져 갔다.

반짝반짝!

그의 맑은 두 눈에서 수많은 이채들이 명멸해 갔다.

第十章

묵학비상

맑다.

하늘이 파랗다.

파란 하늘에 하얀 구름이 둥실둥실 떠다닌다.

휘이잉! 휘이잉!

바람이 불었다.

사르르! 사르르!

솔잎들이 스치면서 기분 좋은 소리를 냈다.

짙은 녹음 사이로 비치는 햇살을 받으며 이한열이 가볍게 걸었다.

그는 이미 아랫사람들에게 해야 할 일을 모두 지시해 놓았다.

교동 종이상점의 백은덕이 종이를 납품하면서 비단 세 필을 가지고 와 바치고 갔다. 그리고 주자소는 이한열이 없어도 자연스럽게 돌아갈 정도로 매끄러워졌다.

한가로운 주자소의 부정자 직위였기에 일과 시간이었음에도 이한열은 편안하게 청송 정원을 걸을 수 있었다.

저벅저벅!

눈에 들어오기 시작한 조각상을 보자 이한열은 저도 모르게 걸음을 재촉했다. 걸음을 내디딜수록 그의 가슴이 요란하게 뛰었다.

조각상은 이한열이 근래 들어 하루도 빼놓지 않고 살피는 예술 작품이었다.

조각상 앞에 선 이한열은 말을 잃었다.

"……."

이한열의 눈이 반짝 빛났다.

그가 숨을 죽이고 소나무 아래 위치하고 있는 조각상을 바라보았다.

학이 금방이라도 비상할 듯이 날개를 펴고 있었다.

조각상은 검은 돌로 만들어진 무생물이다.

하지만 날개를 막 펼치면서 땅을 박차 올라 날아가려고 하는 검은 학은 생명을 지닌 생물이라고 해도 결코 지나치지 않았다.

검은 학이 구름을 헤치고 하늘로 날아가려고 했다.

'묵학비상'이라는 조각으로, 천하제일석공 도장석의 작품이었다.

창공을 날아다니는 한 마리 학처럼 깃털 하나하나까지 생생했다.

눈부신 햇빛이 비쳤기 때문일까?

반짝!

학의 눈에서 광채가 번뜩였다.

학 눈알의 번들거림, 그것은 분명 햇빛의 반사 때문이었다.

"아!"

이한열이 부지불식간에 감탄했다.

어느새 무생물이었던 묵학이 그에게 생물로 다가섰다.

휘이잇!

학이 날아올랐다. 이한열의 심상 속에서…….

검은 학 한 마리가 파란 하늘로 힘차게 날갯짓을 펄럭였다.

죽어 있던 학의 조각상이 이한열의 마음에서 생생하게 살아났다.

'깃털을 새긴 정의 자취가 끊겨 있으나 끊어지지 않은 듯이 보이는 것이 바로 근(筋)이다. 형체의 들어가고 튀어나온 것이 실체감을 이루는 모습이 육(肉)이요, 생명이 없는 것을 살려 강하고 바르게 하는 형상이 골(骨)이며, 조각에 새긴 흔적이 잘못됨이 없는 것이 바로 기(氣)다.'

이한열이 붓의 운용 기법인 사세를 떠올렸다.

서체는 붓으로 이루어지는 행위이기 때문에 붓을 인간 신체의 일부로 본다.

강호에서 검사가 신검합일을 지고의 경지로 본다면 문사는 신필합일을 원한다.

붓과 그 관계를 고려하여 근육골로 비유하면서 종합적으로 파악하고, 기를 가장 중요한 무형적인 생명력으로 여긴다.

묵학의 비상과 함께 이한열은 신필합일의 경지를 바라보았다.

그것은 신검합일과도 통하는 높은 깨달음이었다.

그렇지만 이한열은 무학적인 부분보다 붓을 다루는 부분을 더욱 감명 깊게 받아들였다.

'근이 죽은 것은 육이 없고, 필의 흔적이 이어지는 듯하지 않고 확실히 끊어진 것은 근이 없다. 아름답기만 하면 또한 골이 없다.'

이한열은 문사의 사세 정립을 확고하게 가졌다.

예전에는 안개가 낀 듯 흐릿하게만 알고 있거나 모르던 부분을 명확히 알게 됐다. 골과 육의 관계가 명확하게 드러났다.

그것은 문사인 그에게 있어 커다란 축복이었다.

문사는 상당한 각고의 수련을 거쳐야 의(意)가 서체에 스며들게 된다.

자고로 필력이 좋고 좋은 글에는 힘과 기백이 어려 있어야 한다.

서체란 문사에게 있어 얼굴이나 마찬가지였다.

서체, 사람이 진심을 담아 쓰는 글씨체에는 그 사람의 기백과 마음이 고스란히 담긴다.

따라서 오랜 세월 동안 학사들은 언제나 글씨를 쓰는 데 있어 각고의 공을 들여 왔다.

그건 이한열도 마찬가지였다.

지금까지 생각이 정밀한 이한열의 서체는 매우 정밀했다.

성격이 고스란히 글씨체에 투영된 것이다.

그런데…….

묵학비상과 함께 그는 현묘한 서체의 경지를 얻었다.

'근에 의해 골과 육이 결합되어 조화를 이루고, 이 삼세가 전체적인 요소인 육요에서 벗어나지 않도록 무형적인 기로 엮어 줘야 한다.'

이한열이 자신만의 용필론을 정립해 나갔다.

이제 용필론을 세운 그의 서체에는 힘이 실리게 됐다.

서체는 문사인 그에게 있어 한 자루 날카로운 보도나 마찬가지였다.

기묘한 기연을 통해 그가 기존의 필체를 뛰어넘어 새로운 경지로 발전했다.

'기란 마음을 따라 붓을 움직여 형상을 취함에 머뭇거림이 없는 것이다.'

마음에 붓이 호응하여 일체가 되었을 때 마음 가는 대로 손에 잡은 붓을 운행하는 것이므로, 결과적으로 마음을 글로 형상화하는 데 머뭇거려 그 기세가 끊기거나 어색해지지 않는 힘이 기가 된다는 뜻이다.

이는 문사가 인위적으로 붓을 운행하는 것이 아니라 자연스럽게 저절로 이루어지는 걸 의미한다.

'글을 쓸 경우 기는 두 가지 측면에서 다뤄져야 한다. 하나는 글을 쓰는 나에게서 우러나오는 기이고, 다른 하나는 글 자체가 지니고 있는 기상이다. 즉, 나 자신에게 내재된 기인가, 글로 형상화한 표현 대상이 지니고 있는 기인가 하는 문제이다.'

이한열이 심도 있게 고뇌했다.

마음에 따라 붓을 움직여 자연스러운 글을 쓸 수 있는 것은 글쓴이의 숙련에 의한 것이라 볼 수 있다.

기는 표현 대상에 내재된 기가 아니라 글쓴이의 마음과 관련을 갖는다. 마음과 관련을 갖기 때문에 글쓴이의 내면세계를 표현하는 정신과 관계된다.

글쓴이의 주관이 글을 통해서 나타나기 때문에 글에 글쓴이 자신의 기운이 드러나게 된다. 그러므로 기운이 녹아들어 있는 명필가의 글을 통해 사람들이 기운을 향수할 수 있는 것이다.

명필의 기운은 대자연의 생동적인 형상으로부터 느껴서 형성된 명필가 자신의 감정과 주관적인 정신세계를 용필로써 드러낸 것이다.

그래서 예로부터 문사의 기운은 용필로부터 나온다고들 했다.

부르르! 부르르!

용필의 현묘한 법을 깨우친 이한열이 전율했다.

마음을 열어 묵학비상을 느끼니 조각상에 담겨 있는 뜻이 그에게 향했다. 그것은 단순히 말로 전할 수 없는 가르침이자 깨달음이었다.

용필의 현묘한 법이 형을 세우고 모양을 갖추고도 속되지 않았다.

탈속한 신선의 기운이 은은하게 이한열의 심신에 어렸다.

우우웅! 우우웅!

묵학이 심상에서 자유롭게 날아다니면서 진기가 저절로 형통하여 들끓었다. 진기가 아우성치면서 혈도와 혈관으로 향했고, 막혔던 혈도와 혈관들이 문을 열어 스스로 진기를 영접했다.

퍼퍼퍽! 퍼퍼퍽!

혈도와 혈관들이 타통됐다.

부르르! 부르르!

그의 몸이 흔들릴 때마다 비릿한 땀 냄새가 풍겼다. 노폐물들이 모공을 통해 배출되고 있었기 때문이다.

하지만 짙은 향기를 뿜는 소나무 잎들이 바람 불 때마다 물결처럼 출렁거리고 있는 덕에 그 냄새가 묻혔다.

푸른 소나무 아래에서 이한열의 몸과 마음이 점점 청정하게 변해 갔다.

심상에서 묵학이 비상하고 있었고, 육체에서 노폐물들이 사라져 갔다.

솔향기 가득한 공간에서 이한열은 싱그러운 시간을 보냈다. 한 마리 묵학을 품고 있는 이한열의 입가에 미소가 피어올랐다.

바람이 일렁일 때마다 그의 몸에서 흘러나오는 비릿한 냄새가 심해졌다. 진기들이 혈도와 혈관을 관통하면서 힘차게 내달렸다.

단전에 진기가 차오르기 시작했다. 진기의 양이 점점 많아지면서 단전이 빽빽해졌다. 단전의 주위가 팽팽해지는가 싶더니 이내 부드럽게 늘어졌다.

스으으! 스으으!

단전이 팽창됐다.

팽창된 단전에 진기가 차곡차곡 쌓였다. 쌓인 진기가 단전 밖으로 흘러나가 혈도와 혈관을 돌아다니다 다시금 돌아왔다.

콰아아! 콰아아!

강렬하게 날뛰는 진기의 흐름을 떠올리자 이한열의 심장이 타는 것 같았다. 노도처럼 흘러가는 진기의 흐름이 눈에 잡힐 것처럼 보였다.

마치 눈으로 보는 것처럼 선명했다.

관조!

이한열이 내면의 본질을 살폈다.

슥!

그의 반개한 시선이 오롯이 묵학비상을 보는 동시에 마음 속의 한 마리 검은 학을 보았다.

펄럭펄럭!

묵학이 비상했고, 그의 청정한 마음에서 진기의 물결이 끊임없이 출렁였다. 진기가 개울이 되어 흐르고, 강이 휘몰아치더니 결국 바다인 단전으로 이어졌다. 아지랑이처럼 가물대는 개울이 무더기처럼 피어나면서 전신의 세맥들과 하나둘씩 연결됐다.

저절로 형통하는 기운의 생동감으로 인해 이한열의 용색이 맑아졌다.

콰릉! 콰르릉!

세맥과 진기가 다닥다닥 붙을 때마다 이한열의 머릿속에서 뇌성벽력이 쳤다.

번쩍번쩍!

석상처럼 우뚝 선 채 반개한 그의 눈에서 수많은 이채들이 명멸했다. 무수히 반짝거리던 빛들이 점차 줄어들어 갔다.

삼매경에 빠져 새하얗게 타올랐던 이한열의 정신이 다시금 육체로 되돌아왔다.

"아! 천의무봉의 솜씨로구나."

숨을 죽이고 있던 이한열이 탄성을 터트렸다.

"용필의 법을 담고 있는 마음가짐이다. 그리고 하나의 내공심법이기도 하다."

이한열이 묵묵히 소나무 아래 세워져 있는 묵학비상 조각상을 바라보면서 나지막이 중얼거렸다.

밤하늘의 어둠보다 더욱 검은 묵빛이 학의 조각상에서 꿈틀거렸다. 묵빛이 학의 형태와 조화를 이루어 겉으로 드러나지 않은 신비를 품고 있었다.

학이라는 예술적이고 창조적인 하나의 형태에 하나의 내공 심법이 녹아들어 있었다. 그것을 말로 옮기자면 수만 자로도 부족할 내용들이었다.

"현묘한 검은 학의 마음을 담은 법! 묵학현심공이라고 해야 하나?"

이한열이 말했다.

묵학현심공은 한 마리 학이 창공을 훨훨 나는 것처럼 가벼웠으며, 하늘에서 땅으로 벼락이 내리꽂히는 것처럼 무겁기도 했다. 학의 주변을 타고 휘도는 바람처럼 그 기세가 일정하지 않았다.

일정하지 않다는 것은 변화가 없이 자연스럽다는 뜻이다.

운용에 변화를 주는 건 의지를 가진 주체, 즉 익히는 사람의 몫이었다.

묵학현심공의 학은 사람에 따라 빛나기도 하고 담백하기도 하며 핏빛을 띠기도 한다. 그 기운이 자연스러워 사람의 성격을 고스란히 투영한다.

묵학현법!

바로 묵학비상에 담겨 있는 무공의 진실한 이름이었다.

묵학현법은 도장석이 황궁 서고에서 찾아낸 전진파의 호법지공이었다.

정반합의 묘리를 담고 있는 묵학현법은 익히는 사람에 따라 정공이 되기도 하고, 마공이 될 수도 있다.

묵학현법은 전진파에서도 비인부전의 비기였다.

누구에게나 쉽게 전수할 수 없을 정도로 위력이 뛰어났다.

강호의 무인들이 알게 된다면 눈에 불을 켜고 날뛸 초상승의 심공이다.

그런 묵학현법이 바로 많은 사람들이 오가는 청송 정원의 조각상에 녹아 있었다.

수많은 사람들이 묵학비상을 감상했으나 그 진실한 내면을 살펴보지는 못했다.

이제는 멸문하여 사라진 전진파의 호법지공이 이한열에게까지 이어졌다.

스르르! 스르르!

묵학비상에 서려 있던 번뜩이는 검은빛이 서서히 퇴색되어 갔다. 그런 광경이 너무나도 자연스러워서 마치 원래 벌어져야 하는 모습처럼 보였다.

"아! 없어지고 있다."

이한열은 묵학비상에서 묵학현법이 사라지고 있다는 사실을 알아차렸다.

학의 검은빛은 묵학현법과 연결되어 있었다.

검은빛의 농담은 원근과 입체를 표현했고, 문적인 필선과 채의 묵채가 자연스럽게 조화를 이룬 결정체였다. 그것은 형에 치우치지 않으면서 날아갈 듯 생동한 마음의 공부였다.

파아앗! 파아앗!

이한열의 단전 부위에서 은은한 회색빛이 일렁였다.

그것은 그의 마음을 표현한 색이다.

밝은 마음을 지녔다면 청초한 푸른빛이 흘러나오고, 어두운 마음을 지녔다면 검은빛이 일렁인다. 그리고 마음의 밝고 어두운 정도에 따라 노란색과 보라색 등이 흘러나오기도 한다.

세속의 번뇌를 모두 떨치고 지극한 도에 이르면 묵학현법은 무색이 된다.

전진파의 도인들은 무색을 좇아서 묵학현법을 연마했다. 그리고 검은색보다 회색을 가장 경계했다.

어두운 마음에는 패도라는 길이 있지만 사특한 마음에는 속되고 간사함만 있기 때문이다.

회색은 밝음과 어둠의 경계인 중간이다.

이한열이 밝음과 어둠의 사이에 서 있다는 의미이기도 했다.

기회주의자이면서 간웅인 이한열의 실상이 회색을 통해서 드러났다.

파앗! 파앗!

단전에 서린 회색빛은 옷에 가려서 보이지 않았다.

슥!

이한열은 묵학비상 조각상을 하염없이 바라보았다.

그의 시선은 조각상을 보는 동안 내면에서 벌어졌던 묵학현법, 아니 묵학현심공을 떠올리고 있었다. 생각들이 꼬리에 꼬리를 물고 이어졌다.

스승에게 제대로 구결과 가르침을 전수받지 못한 탓인지 묵학현심공에는 일부의 내용과 운용법이 없었다. 하지만 그 정수는 고스란히 이한열에게 전해졌다.

이한열은 은연중에 그런 사실을 알았다.

염화시중의 미소처럼 굳이 말로 하지 않아도 느낄 수 있었다.

우우우! 우우우!

단전에서 일어난 진기가 혈도와 혈관을 타고 한 바퀴 빙글 돌았다.

뜻으로 전해진 깨우침이기에 진기의 움직임이 마치 수년 동안 익힌 것처럼 능숙했다.

한때 관조했던 이한열이 진기의 움직임을 훤하게 인지했다.

이한열은 진기의 움직임 속에서 또 다른 운용법을 알기 위해 노력했다. 한 번 읽어서 모르면 백 번 보면 되는 것처럼 한 번 돌려서 모르겠으면 백 번 운기하면 될 일이었다.

씨익!

이한열이 새로운 걸 알아 가며 빙그레 웃었다.

그는 끈기 있고 야심 넘치는 사람이었다.

그때였다.

"이한열 부정자!"

이한열의 이름을 부르는 목소리가 울렸다.

슥!

이한열이 고개를 돌렸다.

그의 시야에 낯익은 한 청년의 모습이 보였다.

청년이 그를 향해 다가왔다.

"권중오 학정님!"

이한열이 고개 숙여 인사했다.

권중오는 이번 전시에 이한열과 함께 합격한 동기였다.

하지만 그 위치는 사뭇 달랐다.

권중오는 한림원 소속으로, 정칠품 학정 직위를 수여받았다.

학정은 한림원에서 교관의 임무를 맡는다.

진주 권씨 가문은 절강성 상계에서 열 손가락 안에 꼽혔고, 이번 권중오의 전시에도 전폭적인 지지를 해줬다. 상업을 하면서 알고 지낸 인맥과 많은 돈을 들여 권중오를 한림원에 집어넣은 것이다.

이한열과 권중오는 관직 출발 자체부터 달랐다.

이한열이 가시밭길에서 피 흘리며 관직을 시작했다면 권중오는 뻥 뚫린 대로에서 마차를 타고 달리는 형국이었다.

"무얼 그리 보고 있는가?"

권중오가 이한열에게 물었다.

파라락! 파라락!

한림원 소속을 알리는 관복이 바람에 부드럽게 펄럭거렸다.

"조각상을 보고 있었지요."

"시간이 남아도는가 보군."

권중오가 뒷짐을 진 채 반쯤 눈을 내리깔았다.

"그것이 아닙니다. 일을 다 끝내고 잠시 청송 정원을 거닐었습니다."

"일에 끝이 어디 있단 말인가?"

권중오가 쌀쌀맞게 말했다.

"내일이면 알게 되겠지만 앞으로 주자소는 내가 관리하기로 했네."

"이유가 무엇입니까? 한림원에서 관리하지 않아도 제가 주자소를 잘 이끌고 있습니다."

이한열이 놀라 반문했다.

한림원에서 일절 관심을 기울이지 않던 주자소에 느닷없이 권중오가 상관으로 부임하려 하고 있었다.

그 의미는 결코 단순하지 않았다.

주자소에서 제왕처럼 마음껏 행동하던 이한열의 행동에 제동이 걸리는 것이다.

"이것은 한림원에서 내린 결정이야. 그대가 왈가왈부할 일이 아니지."

권중오가 비릿하게 웃으며 말했다.

"……."

불쾌했지만 이한열은 입을 다물었다.

한림원에서 내린 결정이라면 이한열로서는 따를 수밖에 없었다. 한림원에 부속되어 있는 주자소였고, 지위도 권중오가 이한열보다 높았다.

그는 더 이상 할 말이 없었다.

'악의를 가지고 있다.'

면전에서 실실 비웃고 있는 권중오에게서 불쾌한 감정이 느껴졌다.

손톱 밑에 가시라도 박힌 것처럼 성가셨다.

하지만 그 가시는 뽑아낼 수 없는 무형의 것이었다.

"그대보다 내가 더 주자소를 잘 이끌 수 있다고 위에서 판단을 내렸네. 언제까지 주자소를 방치해 둘 수는 없는 노릇 아닌가."

권중오가 이한열을 빤히 바라보며 말했다.

그의 입가에 그려진 야릇한 웃음이 얼굴 전체로 번져 나갔다.

승자가 패자를 내려다보는 오만한 웃음이었다.

"그렇군요."

이한열이 불쾌하고 반항적인 속마음을 숨기고 담담하게 말했다.

"일과 시간에 한가롭게 돌아다니지 말고 돌아가서 일하게. 앞으로는 이런 방종을 용납하지 않을 걸세."

아랫사람을 부리는 듯 권중오가 목소리를 높였다.

'그런 네놈은 방종이 아니고 무엇이냐?'

이한열은 일과 시간에 똑같이 정원에 온 권중오의 행태를 꼬집고 싶었다.

하지만 소리치지 않고 허리를 숙였다.

"그럼 돌아가 보겠습니다."

이한열이 아무렇지도 않은 듯 고개를 숙인 뒤 등을 돌리려고 할 때였다.

"아! 내일 새로운 거래처 사람들이 올 거네. 그들이 오면 나에게 보내도록."

권중오가 입가에 기묘한 웃음을 지으면서 말했다.

상계 출신인 그는 주자소의 물품 거래에서 강한 돈 냄새를 맡았다.

학정으로 부임하고 얼마 동안은 자중하면서 일에 열중했고, 한림원의 학사들과 친해지기 위해 많은 돈을 뿌렸다.

그 결과 권중오는 학정인 동시에 주자소를 관리할 수 있는 관리로 임명됐다.

많은 돈을 뿌린 그는 이제 반대로 긁어모으려고 했다.

그 시작이 바로 주자소의 물품 거래였다.

"분부대로 하겠습니다."

살짝 고개를 숙인 이한열이 복명했다.

슥!

등 돌린 그의 두 눈에서 서늘한 광채가 일렁였다.

'거북이 같은 놈! 네가 감히 권력을 남용해서 내 밥줄을 건드려? 가만두지 않겠다.'

이한열은 권중오에 대한 적의를 불태웠다.

짓눌릴수록 강하게 반발하는 그였다.

잡초처럼 질긴 생명력을 지닌 그는 이번에도 살아남으려고 발버둥 쳤다.

주자소 거래처들에게서 들어오는 뒷돈은 이한열에게 있어 생명줄이나 마찬가지였다. 그 돈이 있었기에 북경에서 이한열의 삶이 보다 풍요로울 수 있다.

뒷돈이 사라지게 된다면?

풍요롭던 삶이 쪼그라들게 된다.

'기필코 쓰러뜨려야 한다.'

이한열은 권중오를 생사대적으로 여겼다.

저벅저벅!

이한열이 들끓는 마음을 다스리며 청송 정원에서 멀어졌다.

"하찮은 녀석! 네놈은 내 손바닥 위에서 놀아날 수밖에 없어."

권중오가 멀어져 가는 이한열의 뒷모습을 바라보며 중얼거렸다.

피식!

그의 입가에 비릿한 웃음이 떠올랐다.

인맥도 없고, 학연도 없고, 지연도 없는 이한열에 대한 비웃음이었다.

그에 반해 권중오는 인맥도 있고, 학연도 있으며, 지연도 좋았다.

"크크큭! 너같이 비천한 놈은 높은 사람을 위해 살아가야 하는 법이야."

권중오가 즐거워했다.

아랫사람인 이한열을 깔아뭉개면서 전율을 느꼈다.

새롭게 바뀔 주자소 거래처들에서 받을 뒷돈이 내일이면

그의 수중에 들어오게 된다. 새로운 거래처들은 하나같이 진주 권씨 가문과 거래를 했던 상점들이었다.

진주 권씨 가문은 많은 거래처들을 확보하고 있었고, 그 거래처들이 권중오에게 도움이 됐다. 주자소와 거래를 하는 상점들이 큰돈을 벌고, 권중오도 그 사이에서 두둑한 돈을 챙길 수 있었다.

"하하하하!"

돈을 벌게 된 그가 기분 좋은 웃음을 터트렸다.

"지금은 웃어라! 그 웃음이 귀곡성이 되도록 만들어 주마."

들려오는 웃음소리에 얼굴을 구긴 이한열이 이를 부득부득 갈았다.

그는 지독하게 돈을 탐하고 있었다.

그런데 내일이면 그런 돈을 빼앗기게 생겼으니 마음이 이글이글 타올랐다.

우우웅! 우우웅!

단전의 진기가 마음에 영향을 받아서 울부짖었다.

묵학현심공이 도도하게 일어나면서 단전에서 일렁이는 회색빛이 더욱 짙어졌다.

저벅저벅!

스륵스륵!

분노하고 있는 그의 발밑에서 마른 먼지가 피어올랐다.

기름진 정원의 흙들이 그의 발걸음 밑에서 황폐해졌다. 용천혈에서 뿜어져 나오고 있는 사기가 대지의 기운을 흩어뜨렸기 때문이다.

第十一章

권중오

"아직도 완성하지 못했나?"

권중오가 주자소 집무실의 이한열에게 물었다.

하루 일과가 거의 끝날 무렵 주자소로 찾아온 권중오는 삼 일 전에 내려온 공문서의 목판 제작을 문제 삼았다.

"아직 시간이 남았습니다. 그리고 양세정 대학사님 글의 풍취를 목판으로 새기는 일은 쉽지 않습니다."

이한열이 답했다.

목판 제작이라고 하지만 결코 단순하지 않았다.

이번 공문서 제작에 들어가는 글은 당대의 명필가인 양세정이 맡았다.

진사 출신인 양세정은 한림원의 대학사이자 일필휘지 명필가로 이름이 높았다. 학사들로부터 뛰어난 명필에 일류 문장가로 인정을 받고 있는 그였기에 많은 공문서를 작성하였다.

하지만 양세정의 호쾌하면서도 고상한 글을 목판으로 살려 내기란 쉽지 않았다. 그렇기에 제작 과정에는 적지 않은 시간이 필요했다.

"공문서 목판 제작에 왜 이리 많은 시간이 걸리는 것인가? 혹시 자네가 무능력해서 그런 것 아닌가?"

권중오가 빈정거렸다.

이번 공문서 목판 제작은 황제의 말을 중원 곳곳에 알리는 일이었다.

그런 막중한 일이었기에 주자소의 목장들은 어느 때보다 심혈을 기울였고, 아름다운 양세정의 명필을 살리기 위해 최선을 다했다.

황제의 고귀한 말을 담은 목판을 대충 만들 수는 없는 노릇이었다.

목장들이 최선을 다하는 만큼 그에 비례하여 많은 시간이 걸렸다.

목장들을 감독하는 이한열도 남다른 마음으로 직무에 임했다. 목장들을 배려하고, 그들이 최고의 솜씨를 발휘할 수 있도록 결코 독촉하지 않았다.

좋은 환경에서 훌륭한 작품이 나오는 법이다.

그런데 그런 걸 헤아리지 못하고 권중오는 빨리 만들어 내라고 닦달하기만 하였다.

권중오가 이한열의 능력까지 거론하면서 막무가내로 말을 내뱉었다.

파르르!

이한열의 속눈썹이 흔들렸다.

빈정이 팍 상했지만 그런 속내를 겉으로 표현하지는 않았다.

"목장들에게 최선을 다해 조기에 마무리 짓도록 일러두겠습니다."

이한열이 담담하게 말했다.

평소와 똑같은 얼굴을 하고 있었지만 이한열의 속은 부글부글 끓어올랐다.

"미천한 목장들이 오래 붙들고 있다고 해서 좋은 목판이 나오는 건 아니지. 그들을 쉴 새 없이 쥐어짜서 좋은 목판이 나올 수 있도록 해야 한단 말이야."

권중오가 말했다.

"빨리할 수 있도록 지시하겠습니다."

이한열이 반발하지 않고 상관의 말을 받아들였다.

그는 권중오에게 사정을 이야기하려다가 관뒀다. 합당한 이유를 설명해도 권중오에겐 구차한 변명으로밖에 들리지 않는다는 사실을 알아차렸기 때문이다.

오히려 말하는 그만 입이 아팠고, 또 그로 인해 직속상관인 권중오에게 공격할 빌미를 주게 된다.

'재수 없는 놈!'

권중오가 순순히 응하고 있는 이한열을 기분 나쁜 눈초리로 바라보았다.

이한열이 말대꾸를 하면 자신이 상관이라는 사실을 확실하게 알려 줄 심산이었다. 하지만 그런 의도가 고분고분한 이한열로 인해 무산됐다.

그는 전시 동기인 이한열을 좋게 생각하지 않았다.

원래 전시에서 거둔 성적은 이한열이 그보다 월등했다. 그가 한림원에 들어설 수 있었던 것은 순전히 집안에서 많은 돈을 풀어 은밀한 공작을 펼쳤기 때문이다.

권중오는 자신보다 좋은 성적을 거둔 이한열에게 시샘을 하는 것이었다.

"무공을 익힌다고 난리 치면서 진사들 망신 다 시키지 말고 주자소 일에나 신경 쓰도록 하게."

권중오가 퉁명스럽게 말했다.

호리호리해서 연약해 보이는 그와 달리 탄탄한 체격을

지니게 된 이한열의 모습이 남달랐다. 어딘가 모르게 빛나 보이는 이한열이었다. 그런 이한열의 반짝거림은 날이 갈수록 도드라졌다.

권중오는 이한열이 더욱 싫어졌다.

"알겠습니다."

이한열이 불쾌감을 참고 담담하게 말했다.

상관인 권중오와 정면으로 부딪치면 다치는 건 아랫사람인 이한열이었다. 신분이 곧 힘이라는 사실을 이한열은 잘 알았다.

"수단과 방법을 가리지 말고 삼 일 안에 목판 제작을 완성하도록 하게."

"그리하도록 하겠습니다."

"맡은 일은 하지 않고 엉뚱한 무공에만 빠져 있다니 참으로 한심하군."

노골적으로 불쾌한 말을 내뱉은 권중오가 등을 돌렸다.

쾅!

집무실 문이 거칠게 닫혔다.

꾹!

이한열이 의자의 손잡이를 거칠게 움켜쥐었다.

콰드드득!

강한 아귀의 힘을 이기지 못하고 나무 손잡이가 부서졌

다.

스팟!

그의 두 눈에서 시퍼런 광망이 마구 뿜어졌다.

"참으로 한심한 것이 무엇인지 너에게 직접 알려 주마."

이한열이 말하면서 씨익 웃었다.

웃고는 있었지만 그 웃음에는 진한 분노가 담겨 있었다.

최근 권중오로 인해 주자소의 기존 거래처들이 모두 바뀌었다. 그 때문에 정기적으로 들어오던 뒷돈이 모조리 사라졌다.

울고 싶은 심정인데 권중오가 뺨까지 때렸으니 이제 이한열에게 남은 건 복수뿐이었다.

그렇지 않아도 이미 의형 천태웅에게 권중오에 대한 조사를 맡겨 놓은 상황이었다. 관리를 조사하는 데 있어서는 천태웅이 제격이었다.

* * *

"학정 대인 오셨습니까?"

대동목재의 신흠이 권중오에게 연신 굽실거렸다.

"그간 잘 지냈나?"

"덕분에 편안합니다. 약소하지만 받아 주십시오."

신흠이 미리 준비한 전낭을 내밀었다.

전낭 안에는 대륙전장에서 미리 끊어 놓은 전표 다발이 들어 있었다. 사용하기 편하게 금자 열 냥짜리 전표가 스무 장이었다.

모두 합해서 금자 이백 냥이었다.

신흠은 주자소에 목재를 대기로 하면서 권중오에게 뒷돈을 건넸다. 주자소에 일 년만 목재를 넘겨도 금자 이백 냥이 훨씬 넘게 남았기 때문이다.

슥!

권중오가 전낭을 풀어서 전표 다발을 확인했다.

씨익!

그의 입가에 진한 미소가 떠올랐다.

일 년에 한 번씩 대동목재의 신흠에게 뒷돈을 받기로 이미 약속이 돼 있었다.

"고맙네."

권중오가 전낭을 품에 집어넣었다.

"앞으로 잘 부탁드립니다."

"오고 가는 것이 확실하면 앞으로 우리 관계는 탄탄할 걸세."

권중오가 말했다.

신흠의 배웅을 뒤로하고 그는 대동목재를 벗어났다.

저벅저벅!

수중에 많은 돈이 생긴 권중오가 부지런히 발을 놀렸다.

돈이 있으면 으레 가는 장소가 있었다.

일각을 걸었을까?

물과 고목이 있어 경치가 아주 아름다운 사자림 거리에 도착했다.

사자림 거리의 동쪽은 화려하고 정교한 누각과 건축물들이 서 있고, 중부는 나무와 기화이초들이 환상적인 원림이며, 서쪽은 인공 호수와 가산들이 있다.

슥!

권중오가 창랑정이라는 건물로 들어섰다.

창랑정의 심처 객실에는 오늘도 어김없이 대여섯 명의 사람들이 모여 있었다. 그들은 하나의 탁자 위에 앉아 골패로 노름을 벌이고 있었다.

실내의 분위기가 골패 열기로 후끈 달아올랐다.

"권 진사! 돈 좀 가지고 왔나?"

골패를 하고 있던 한 중년 사내가 권중오를 격하게 반겼다.

"두둑하게 가지고 왔소. 오늘 한번 화끈하게 놀아 봅시다."

권중오가 비어 있는 의자에 엉덩이를 걸치면서 큰소리쳤

다.

툭!

그가 신흠에게 받았던 전낭을 탁자 위에 꺼내 놓았다.

탁!

그리고 탁자를 치면서 금자 열 냥짜리 전표 이십 장을 강하게 올려놓았다.

“오늘은 잘해 보세요.”

옆에 앉은 여인이 권중오에게 눈웃음을 치면서 말했다. 몸에 착 달라붙는 붉은 옷을 입고 있는 그녀의 몸매가 참으로 농염했다.

“허어! 가희, 잃을 때가 있으면 따는 순간도 오는 법이지. 오늘 권 진사가 판돈을 모두 쓸어 갈지도 모르오.”

북경에서 포목점을 크게 벌이고 있는 중년 사내 황언이 말했다.

“어머, 권 진사님! 제 돈도 모두 가지고 가실 건가요? 그동안 많은 돈을 잃으셨지만 저도 손해 많이 봤어요. 오늘 좋은 결과 있으시면 저 좀 봐주세요.”

가희가 가슴을 흔들며 교태를 부렸다.

몸을 파는 기생인 그녀는 몸매가 예술적이었다.

출렁출렁!

권중오의 색정 어린 눈빛이 전후좌우로 흔들리는 가슴에

꽂혔다.

"험! 누가 많은 돈을 잃었다고 그러시오? 그 정도 푼돈엔 눈 하나 깜짝하지 않을 본인이오. 그러니 염려하지 마시오. 오늘 이기게 되면 그대의 돈까지 모두 책임지겠소이다."

권중오가 호기롭게 말했다.

그는 가희와 수차례 육체적인 관계를 맺었다.

그리고 몸이 부딪칠 때마다 늪처럼 더욱 그녀에게 빠져들었다.

그에게 지금의 도박 장소를 알려 준 것도 바로 가희였다.

가희와 술을 마시면서 환상적인 육체관계를 처음으로 맺은 날, 권중오는 도박판에 끼어들었다. 처음에는 돈을 땄지만 다음 날부터 돈을 잃기 시작했다. 노름에서 따고 잃고를 반복하면서 차츰 많은 돈이 나갔다.

결국 지금까지 권중오가 노름에서 날린 금액은 금자 천냥이 넘었다. 그 돈은 아무리 권중오라고 해도 결코 적은 금액이 아니었다.

날린 돈을 복구하기 위해서 권중오는 혈안이 되어 있었다.

"자! 대화는 그걸로 됐고, 이제 패를 돌립시다. 어떻습니까?"

한쪽에 앉아 있던 뚱뚱한 체격의 윤경직이 말했다.

"그렇게 합시다. 노름하러 왔지 대화하러 온 건 아니니까."

권중오가 고개를 끄덕였다.

그는 사실 골패 노름에 강한 실력을 지녔다.

고향에 있을 때 골패 노름을 해서 많은 돈을 벌기도 했고, 과거를 준비하면서 머리가 아플 때마다 골패를 하면서 시름을 쫓아내기도 했다.

"기본 판돈들 내시고!"

윤경직이 은자 한 냥을 탁자 가운데에 던지면서 말했다.

"여기요."

가희가 섬섬옥수로 은자를 집어서 내밀었다.

탁자 가운데에 기본 판돈인 은자 일곱 냥이 모였다.

"골패들 받으세요."

가희가 골패를 돌렸다.

착! 착! 착!

탁! 탁! 탁!

골패가 사람들의 앞에 정확하게 자리했다.

슥! 스윽!

사람들이 저마다 자신의 골패를 확인했다.

권중오가 검은 나무 바탕에 흰 뼈를 붙인 골패의 구멍 수

효를 살폈다. 골패를 쪼는 그의 손놀림이 예사롭지 않았다.

슥!

찰나의 순간 골패를 확인한 권중오가 날카로운 눈빛으로 다른 사람들의 표정을 훑었다.

"은자 열 냥!"

"호오! 처음부터 강하게 나오시는군. 나는 죽었어."

"얼마나 좋은 패를 지녔길래 그러시나? 궁금해서 확인해야겠어. 따라간다."

"금자 한 냥으로 올려!"

황언이 강하게 내질렀다.

이번에는 황언 옆에 앉아 있는 권중오 차례였다.

슥!

그의 입꼬리가 살짝 올라갔다가 재빨리 내려왔다.

"금자 열 냥으로 갑니다."

"어머! 들어오자마자 첫판부터 너무 강하다. 좋은 패를 잡으셨어요?"

가희가 권중오를 빤히 바라보며 물었다.

슥!

그녀는 자신의 패를 재차 확인하면서 죽을지 살지 고민하였다.

"시간 끌지 말고 빨리 하자."

가희 옆의 윤경직이 툴툴거렸다.

"첫! 소나기는 피해 가랬다고, 저는 죽었어요."

가희가 패를 내던졌다.

살짝 뒤집힌 패의 족보가 결코 낮지 않았다.

하지만 금자 열 냥을 내면서까지 따라가기에는 무리라고 판단한 가희였다. 그 판단이 옳고 그른지는 다른 사람들의 패가 공개됐을 때 가려질 것이다.

"열 냥 받고, 스무 냥 더!"

윤경직이 금자를 탁자 중간에 밀어 넣었다.

누런 금자 서른 개가 반짝반짝 빛났다.

탁자에 판돈이 착착 쌓여 나갔다.

"헐! 지나치게 강하게들 나오시는군. 나는 죽을 테니 남은 사람들끼리 박 터지게 싸워 보시오."

"죽었소."

사람들이 윤경직의 많은 판돈에 죽음을 선언하며 골패를 집어 던졌다.

이제 노름에서 살아남은 사람은 윤경직과 권중오뿐이었다.

"스무 냥에 사십 냥을 더 얹겠소."

권중오가 돈을 배로 내질렀다.

팔락팔락!

전표 넉 장이 탁자 중간에 사뿐히 내려앉았다.

"이왕에 가는 거 한 번에 가지. 얼마 남았소?"

"백삼십 냥이오."

"사십에 백삼십 냥 더 얹겠소."

윤경직이 탑처럼 세워 둔 금자들을 앞으로 주욱 밀었다.

투투툭! 투투툭!

새로 밀어 넣은 백칠십 개의 금자들이 탁자 가운데에 모였다. 탁자 중간에 모인 금자들이 촛불에 비쳐서 반들반들 빛났다.

은자 한 냥으로 여염집 사 인 가족이 생활할 수 있다.

은자 이십 냥이 금자 한 냥이었으니 금자 한 냥만 있으면 일반인들이 일 년 동안 돈 걱정 없이 편안하게 보낼 수 있었다.

일반인들로서는 평생 가도 모을 수 없는 엄청난 돈이 탁자에 쌓여 있는 것이다.

"음!"

권중오가 고민했다.

그의 미간 주름의 골이 깊어졌다.

슥!

그는 갈등하며 다시 한 번 골패를 확인했다.

좋은 패가 들어왔기에 첫판부터 강하게 나섰는데 상대인

윤경직이 더욱 맹렬하게 날뛰었다.

불길한 예감이 그의 뇌리를 강렬하게 스치고 지나갔다.

"노름하던 사람 어디 갔나?"

윤경직이 하염없이 시간을 보내고 있는 권중오에게 조롱 아닌 조롱을 해댔다.

그런 조롱에 권중오가 발끈했다.

'감히!'

권중오는 윤경직을 잡아먹을 것처럼 사납게 노려보았다.

그런 눈빛에 윤경직도 물러서지 않고 마주 보았다.

노름판에서는 부모도 몰라보는 법이었다.

그런 노름판에서 신분을 찾는 건 말이 되지 않았다.

그리고 권중오가 조정의 관리인 학정이라는 사실은 가희만이 알았다.

아무래도 조정의 관리가 노름판을 전전한다는 건 구설수에 오를 수도 있는 일이었기 때문이다.

윤경직의 도발에 분노했지만 불길한 예감에 권중오가 포기하고 골패를 던지려고 할 때였다.

파르르! 파르르!

윤경직의 왼쪽 눈썹이 미세하게 흔들렸다.

'저것은…….'

권중오의 눈빛이 번뜩였다.

머리가 좋은 권중오는 그간 노름판을 전전하면서 본 사람들의 습관을 모두 기억했다.

'나쁜 패로 돈지랄을 할 때 저런 표정을 지었어.'

슥!

확신한 권중오가 남은 전표를 집어 들었다.

스르르! 스르르!

윤경직의 눈동자가 불안하게 흔들렸다.

'저놈의 패는 나빠!'

권중오는 확신을 가졌다.

"받지."

권중오가 남아 있던 전표를 모조리 탁자 중간에 내던졌다.

"내가 이겼네."

윤경직이 선언하면서 돈을 자신에게 쓸어 갔다.

"내 패도 보지 않고 이게 무슨 짓이오?"

"볼 필요 없네. 내 골패가 최고로 높은 패이니까. 휴우! 최강의 패를 가졌는데 손님이 죽을 줄 알고 잔뜩 긴장했더니 눈썹까지 흔들리네."

탁!

너스레를 떨면서 윤경직이 자신의 패를 공개했다.

"크!"

패를 본 순간 권중오의 입에서 답답한 신음 소리가 흘러나왔다.

윤경직이 골패에서 최강의 패를 잡고 있었다.

그렇기에 거침없이 많은 돈을 판돈으로 내걸 수 있었던 것이다.

'긴장 때문에 눈썹이 흔들렸다고……?'

권중오는 망연자실했다.

그의 지나친 기억력이 오히려 역효과를 불러왔다.

불안하게 흔들리던 윤경직의 눈동자는 지금 돌이켜 생각해 보니 흥분으로 인해 떨린 것이었다.

권중오는 여러모로 오판했다.

그리고 그 오판의 결과는 참혹했다.

이제 수중에 금자가 하나도 없는 권중오였다.

노름에 참여하기 위해서는 최하로 판돈이 금자 백 냥은 있어야만 했다.

"어머나! 어떻게 해?"

가희가 첫판에 밑천이 모두 거덜 난 권중오를 보면서 안타까워했다.

꾹!

권중오가 입술을 질끈 깨물었다.

수없이 노름을 해왔지만 첫판에 거덜이 난 건 그로서도

처음이었다. 돈을 모두 날린 그는 더 이상 골패 노름을 할 수 없었다.

"계속하실 거요?"

"……."

권중오는 아무 말도 하지 않았다.

"밑천 없으면 빠지시오."

"그냥 둬. 구경이라도 할 수 있게……."

"구경만 하면 뭐하겠소? 속만 쓰릴 뿐이지."

사람들이 넋을 잃고 있는 권중오를 보면서 저마다 씹어댔다.

"어머! 무슨 소리들이세요? 이 정도 돈 가지고는 눈도 깜짝하지 않을 분이에요. 함부로 이야기하지 마세요."

가희가 다른 사람들에게 눈을 흘기면서 권중오의 편을 들었다.

"크! 돈을 가지고 오겠소. 오늘 끝장을 봅시다."

권중오가 말했다.

하지만 개인적으로 동원할 수 있는 돈은 그간 모두 노름판에 쏟아부었다. 더 이상 끌어올 수 있는 곳이 없었다.

심지어 그는 도박장에 신분을 밝히고 고금리의 사채까지 빌렸다.

이대로 물러나게 된다면 그로서도 사채를 해결하기가 참

으로 난감했다.

'잠시만 썼다가 되돌려 놓자. 오늘 하룻밤만 사용했다가 채워 놓으면 아무도 모를 거야.'

권중오는 주자소의 공금을 떠올렸다.

주자소에서는 갑자기 필요한 물건들을 구매할 때를 대비해서 항상 돈을 준비해 놓고 있다. 얼마 전까지 주자소의 공금은 이한열이 관리했지만 지금은 권중오가 관리하고 있었다.

노름에 눈이 돌아간 권중오는 주자소의 공금에까지 손을 대려 하고 있었다.

저벅저벅!

그는 급한 마음에 주자소의 공금을 가지고 오기 위해 빠르게 걸음을 옮겼다.

권중오가 실내에서 사라지자 황언이 가희에게 말을 걸었다.

"설희야! 처음부터 쪽 빨아먹으면 어떻게 하자는 거니?"

"설희라고 부르지 마세요. 저는 이번 일이 끝날 때까지 가희니까요."

"미안하다. 내가 실수했다."

황언이 말했다.

권중오가 알고 있는 이름들은 모두 가짜였다. 하지만 그가짜의 이름은 전부 실존하고 있었다. 권중오가 차후에 조사를 하게 되면 아마 엉뚱한 사람들만 찾아가게 될 것이다.

"빨리 끝내야 해요. 더 이상 시간을 끌면 위에서 한 소리를 듣는다고요."

"그래도 첫판부터 기술을 써서 호구 녀석이 눈치채는 줄 알고 식겁했다."

"호호호! 잘난 맛에 사는 바보 녀석이 눈치챌 리가 없어요."

가희가 웃음을 터트렸다.

그녀는 권중오를 노름판에 끌어들여 돈을 토해 내게 만든 설계자였다.

건물을 건축할 때 설계도가 필요한 것처럼 노름에 호구를 끌어들여 작업하는 데에도 설계가 있었다.

전문적으로 노름을 하는 사람들 사이에서는 그런 사람들을 설계자라고 불렀다.

실내에 모여 있는 사람들은 모두 한통속이었다.

"그런데 어디서 저런 호구를 물었어?"

"알려고 하지 마세요. 알면 다치니까요."

그녀가 질문한 황언을 바라보면서 싱긋 웃었다.

하오문 소속의 그녀는 남자를 잡아먹는 암컷사마귀라는 별명을 가지고 있었다. 혈암당 서설희가 교태를 부리면 남자들이 전부 피를 뿌렸다.

"내가 실수했어."

황언이 고개를 숙였다.

'이제 호구가 가지고 올 돈은 주자소의 공금밖에 없어. 공금까지 모두 쪽 빨아들이면 호구는 공금횡령으로 작살나는 거야.'

서설희가 몸을 살짝 꼬면서 요염한 자세를 취했다.

그녀는 의뢰에 따라 권중오를 나락에 빠져들게 하는 과정을 설계했다.

이제 그 설계의 결실이 막 빛을 보려고 했다.

스으윽! 스으윽!

밀실의 문이 부드럽게 열렸다.

하얗게 질린 안색의 권중오가 휘청거리면서 걷고 있었다.

공금까지 가지고 와서 날이 샐 때까지 도박을 한 권중오였다. 하지만 지금 그의 수중에는 돈이 하나도 남아 있지 않았다.

권중오는 하룻밤 사이에 주자소의 공금인 금자 오백 냥까지 날렸다.

그가 빠져나온 밀실에서는 여전히 골패 노름이 한창 진

행되고 있었고, 탁자 위에는 금자들이 수북하게 쌓여 있었다.

"어떻게 해야 하지?"

권중오가 중얼거렸다.

공금까지 몽땅 노름판에서 털린 순간, 이제 메워 넣어야 할 일이 걱정이었다.

그것으로 끝이 아니었다.

고금리의 사채도 갚을 방법이 생각나지 않았다.

비틀비틀!

권중오가 후들거리는 발걸음을 내디뎠다.

아직 해가 뜨지 않아 사방이 깜깜했는데, 바로 지금 권중오의 앞날이 그랬다. 사채와 공금을 모두 해결하려면 금자 칠백 냥이 필요했다.

"내가 미쳤지, 미쳤던 거야."

권중오가 머리카락을 쥐어뜯으며 자책했다.

노름에 미쳐서 해서는 안 될 짓까지 벌였다.

고금리의 사채도 문제였고, 주자소의 공금에 손을 댄 것도 문제였다.

권중오로서는 어떻게 해결할 방법이 없었다.

"집에 이야기를 해야 할지도……."

그가 말끝을 흐렸다.

자초지종을 이야기하고 집에 부탁을 하면 불호령을 들을지는 몰라도 돈을 받을 수는 있었다. 어렵게 진사가 된 그는 집안에 꼭 필요했기 때문이다.

그때였다.

"괜찮으세요?"

가희, 아니 서설희가 다가와서 휘청거리는 권중오를 부축했다.

"괜찮지 않아."

권중오가 차갑게 외쳤다.

그는 자신을 도박판에 끌어들인 서설희가 원망스러웠다.

"너무 많이 잃으셨어요."

"크윽!"

"제가 도와드릴게요."

서설희가 말했다.

"사실이오?"

권중오가 반색을 했다. 노름 때문에 돈이 필요하다고 집에 부탁하는 건 죽기보다 싫은 일이었기 때문이다.

"걱정하지 마세요. 제가 오늘 딴 돈도 있고, 오후에 받을 돈도 있어요."

"오후에 받을 돈?"

"오늘이 곗돈을 타는 날이에요. 모두 합치면 금자 칠백 냥이 조금 넘어요."

"정말로 그 돈을 나에게 줄 생각이오?"

"그냥 드리고도 싶지만, 실은 한 가지 부탁이 있어요."

서설희가 허리를 배배 꼬면서 말했다.

그녀의 잘록한 허리 위의 풍만한 가슴이 매력적으로 흔들렸다.

"무엇이오? 말만 하시오."

"저를 첩으로 받아 주세요. 이제 더 이상 기적에 남아 있기 싫어요."

그녀가 눈망울을 촉촉하게 하면서 말했다.

"좋소!"

권중오가 단숨에 고개를 끄덕였다.

기녀를 첩으로 들이는 건 별문제가 아니었다. 오히려 사람들은 돈을 들여 어여쁜 기녀들을 기적에서 빼내 부인이나 첩으로 삼았다.

예쁘고 몸매가 환상적인 서설희라면 첩으로도 손색이 없었다.

"오후에 제가 금자 칠백 냥을 가져다 드릴게요. 그때 저를 기적에서 빼내어 첩으로 데려가 주세요."

"알겠소."

권중오가 재차 고개를 끄덕였다.

그의 머리를 아프게 만들었던 돈이 예쁜 첩을 들이는 조건으로 순식간에 생겨났다.

'오후까지만 버티면 된다.'

권중오가 속으로 중얼거렸다.

하늘이 무너져도 솟아날 구멍이 있다더니, 자신이 바로 그 꼴이었다.

"고맙소! 사랑하오!"

권중오가 말했다.

슥!

그가 서설희의 입술을 향해 고개를 숙였다.

그의 입술이 그녀의 도톰한 붉은 입술 위에 포개졌다.

사르륵!

그녀의 속눈썹이 부드럽게 아래로 감겼다.

그와 그녀의 입맞춤이 길게 이어졌다.

동시에 권중오의 손이 서설희의 가슴과 비처를 부드럽게 쓰다듬었다.

쪽!

한 치의 틈도 없이 맞물렸던 입술이 떨어지면서 기묘한 소리를 만들어 냈다.

"입궐을 해야 하니 다음에 봅시다."

"정랑! 들어가세요."

서설희가 권중오를 배웅했다.

손 흔드는 서설희를 뒤로한 권중오가 힘찬 걸음을 내디뎠다. 돈을 해결했기에 다시금 기운을 차린 것이다.

슥!

등을 돌린 서설희의 안색이 차가워졌다.

"어리석은 놈! 그러니까 네놈이 호구인 거야."

그녀가 노름을 하던 객실 옆의 방으로 향했다.

방 앞에 선 그녀는 흐트러진 옷매를 가다듬었다.

"계신가요?"

"들어오시오."

방에서 담담한 음성이 흘러나왔다.

스륵!

서설희가 문을 열고 안으로 들어섰다.

짙은 어둠에 싸인 실내에는 한 명의 사내가 창밖을 내려다보며 서 있었다.

"원하신 대로 처리했어요."

그녀가 말했다.

등을 돌린 사내가 웃으며 말했다.

"수고하셨소."

이한열이 입가에 환한 웃음을 지었다.

그는 이번에 권중오를 작업하면서 상당한 돈을 벌어들였

다. 노름판에서 활약한 사람들에게 돈을 지불하고도 금자 천 냥이 남았다.

이한열은 천태웅의 조사 보고서에 의해 권중오가 여자와 노름을 좋아한다는 사실을 알았다. 그래서 예쁜 외모와 상당한 노름 실력을 지닌 서설희와 만남을 가졌다.

서설희가 권중오를 몸으로 유혹하고, 또 도박판으로 끌어들였다. 그 뒤로는 권중오의 나락만이 있을 뿐이었다.

"수고랄 것이 있나요? 모두 부정자님의 계책대로 움직였을 뿐인데요."

그녀가 화사하게 웃었다.

평소 남자를 유혹하는 색정적인 웃음이었다.

이번 일을 진두지휘한 이한열을 대하면서도 그녀는 교태를 부렸다.

보통 남자들이라면 그녀의 염기에 심장이 두근거린다. 그런데 담담하게 웃음 짓고 있는 이한열의 표정에는 일체의 변화가 없었다.

"계책을 실행하는 건 결국 사람이지 않소! 훌륭하게 움직이셨소."

이한열이 말했다.

극본이 좋다고 모두 성공하는 것은 아니다.

배우가 열연을 해줘야만 극이 성공한다.

이한열이 만든 극본에서 주인공 서설희가 아주 열연을 펼쳤고, 그 결과는 대박이었다.

"계책이 더욱 좋았어요. 이렇게 잡음과 군더더기 없는 설계는 저로서도 처음이에요."

그녀가 말하면서 이한열을 유심히 살폈다.

이목구비가 선명하게 잘생긴 이한열의 얼굴은 어딘가 초탈한 듯한 구석이 있었다. 호리호리해 보이는 겉모습과 달리 몸에는 단단해 보이는 근육이 넘쳤다.

많은 남자들을 벗겨 본 그녀는 이한열의 훌륭한 몸을 단번에 알아차렸다.

스읍!

그녀의 붉은 혀가 입술을 핥았다.

'잡아먹고 싶어.'

그녀가 암컷사마귀의 본능을 발휘했다.

하지만 동시에 그녀는 초탈해 보이는 이한열을 쉽게 잡아먹을 수 없다는 걸 느꼈다.

'일그러진 놈의 얼굴을 봐서 좋았어.'

이한열은 문틈으로 보았던 권중오의 얼굴을 떠올렸다.

사방이 깜깜한 실내에 있었던 건 오로지 일그러진 권중오의 얼굴을 보기 위해서였다.

'이제 네놈에게 남은 건 파멸뿐이다.'

이한열이 속내를 고스란히 드러냈다.

서설희가 돈을 준다고 한 것은 권중오가 집에서 돈을 구하지 못하도록 하기 위함이었다.

권중오의 공금횡령은 곧 밝혀질 것이다.

바로 오늘 오후에 있을 천태웅의 주자소 특별 감사로 인해…….

권중오의 파멸은 이제 확정이었다.

第十二章

소요서생

강렬한 새벽 햇살이 탁탑천의 두 눈을 파고들었다.

"이 시간에 일어난 적은 한 번도 없는데……."

그가 눈살을 찌푸리면서 중얼거렸다.

이른 새벽, 이한열에 의해 강제로 기상을 한 탁탑천은 아직 잠에서 제대로 깨지 못했다. 연신 입을 벌리면서 하품하기 바빴다.

"게으른 것은 자랑이 아니다. 부끄러운 줄 알아라."

이한열이 따끔하게 일침을 가했다.

"어젯밤 삼경까지 공부를 했단 말이에요."

"공부하는 학생으로서 마땅히 해야 할 일을 가지고 생색내지 마라."

"……."

입을 열어 반발하지는 못했지만 탁탑천이 입술을 삐죽 내밀었다.

"이당삼락이라는 말을 들어 보지도 못했느냐?"

"처음 들어 보는데요. 무슨 뜻인가요?"

탁탑천이 말했다.

"두 시진 자면 과거에 붙고, 세 시진 자면 과거에 떨어진다는 말이다. 과거를 준비한다는 학사가 이런 말도 모르다니……. 쯧쯧쯧! 공부할 자세가 안 되어 있구나."

이한열이 혀를 찼다.

'쳇! 사돈 남 말하고 있네. 공부를 가르쳐 준다고 와놓고서는 대체 뭐를 알려 줬는데? 당신에게 배운 건 달리기밖에 없어.'

탁탑천이 불만스러운 눈빛을 마구 뿜어냈다.

하지만 그런 속내를 표현할 수는 없었다.

그대로 사실을 말했다가는 입이 화근이라며 벌을 받을 테니까.

이한열과 함께하면서 탁탑천은 눈치가 많이 늘어났다.

"도대체 어디로 데려가는 건가요?"

탁탑천이 슬그머니 불편한 이야기를 돌렸다.

"저기다!"

이한열이 손으로 한 건물을 가리켰다.

붉은 벽돌로 지어진 큰 건물이 강렬한 위압감을 뿜어내고 있었다. 건물 입구의 현판에는 '봉연무관'이라는 글씨가 강렬한 햇볕 아래 번뜩였다.

"무관에는 왜 가요?"

탁탑천이 기겁했다.

그는 봉연무관을 보자마자 불길한 예감이 들었다.

"너의 썩어 빠진 정신을 고치기 위해서지. 따라와라!"

이한열이 봉연무관의 활짝 열린 문을 넘어서면서 말했다.

"정말 가기 싫은데……."

탁탑천이 엉거주춤한 자세로 봉연무관으로 향했다.

거침없이 걸어가는 이한열에 반해 그 뒤를 따라가는 탁탑천은 마치 도살장에 끌려가는 소처럼 움직였다.

넓은 연무장에는 이미 스무 명 정도의 사람들이 모여 있었다. 어린아이도 있었고, 청년도 있었고, 탁탑천 또래의 사내들도 있었다. 심지어 봉긋하게 튀어나온 탄력적인 가슴을 지닌 여인도 보였다.

스무 명의 사람들이 질서 정연하게 연무장에 서 있었다. 자로 잰 듯 딱딱 맞는 대열에는 한 치의 흐트러짐도 없었다.

그리고 그들의 앞에는 건장한 체격의 사내가 한 명 서 있었다.

"그간 잘 지내셨습니까?"

이한열이 탄탄한 몸에 멋진 콧수염을 지닌 조연풍을 보며 인사했다.

"편안하게 지냈지."

조연풍이 반갑게 말하면서 이한열을 살폈다.

멋진 옷차림 안에 숨겨져 있는 이한열의 강해진 육체를 그는 단번에 알아차렸다. 기초체력반을 끝마쳤을 때보다 훨씬 몸이 튼튼해져 있었다.

"짧은 시간에 참으로 많은 성장을 했구나."

"덕분입니다."

"내가 잘 가르치기는 했지. 하하하!"

조연풍이 호탕한 웃음을 터트렸다.

처음 가르칠 때부터 이한열의 성장은 눈부셨다. 기초체력반만 끝마치고 떠나가기에 아쉬운 마음이 무척이나 컸었다. 그런데 봉연무관에서 교육을 받았다고 가정했을 때보다 지금의 이한열이 더욱 눈부신 성장을 이뤘다.

성장하기까지 그가 얼마나 많은 땀방울을 흘렸을지 조연풍은 능히 짐작하고도 남았다.

제자의 성장은 스승을 기쁘게 만든다.

그리고 조연풍에게 있어 한번 제자는 영원한 제자였다.

"그런데 자네 뒤에 썩은 표정을 짓고 있는 저 아이는 누구인가?"

조연풍이 이한열의 뒤를 턱짓으로 가리키며 말했다.

"제가 가르치고 있는 몸과 정신이 나태한 아이입니다."

"호강에 겨워서 요강에 빠질 놈이군."

조연풍의 눈빛이 싸늘해졌다.

그는 비단옷을 입고 있는 탁탑천이 잘사는 집 자식임을 단숨에 알아차렸다.

좋은 집안에서 태어나 노력하지 않는 건 부끄러운 일이었다.

땀 흘려 노력하지 않는 건 죄였다.

"저 녀석의 썩어 빠진 심신을 뜯어고쳐 주십시오. 일 년 치 수업료를 일시불로 지불하겠습니다. 그리고 귀찮으시겠지만 출근하실 때 저 녀석을 집에서 데리고 와주십시오. 나태한 놈이라 수업에 빠질까 걱정됩니다."

이한열이 부탁했다.

봉연무관의 조연풍에게 탁탑천을 맡기는 일은 이미 탁둔원과 이야기를 모두 끝낸 상태였다. 탁둔원이 호쾌하게 봉연무관 일 년 치 수업료에 해당하는 돈을 넘겨줬다.

물론 탁둔원이 그런 결정을 내리기까지, 이한열의 기나긴 설명이 있었다. 이한열은 앞으로 있을 탁탑천의 수업에 대해 넌지시 알려 줬다. 탁탑천의 심신을 개선하기 위한 행보가 이한열의 입에서 줄줄이 체계적으로 이어졌다.

그 과정의 끝에는 탁탑천의 향시 합격이라는 말이 포함되어 있었다.

향시 합격!

사실 탁탑천의 과거 급제를 거의 포기하고 있던 탁둔원이었다. 그로서는 두말하지 않고 승낙할 수밖에 없었다.

하지만 이한열의 말에는 단서 조항이 붙어 있었다.

이한열이 지시한 내용들을 탁탑천이 완벽하게 이행해야 한다는 점이었다.

완벽하게라는 단어를 현실에서 제대로 수행하기란 무척 어려운 법이었다.

그리고 이한열은 언제까지 향시 합격을 한다는 보장을 하지 않았다.

설령 최악의 경우 탁탑천이 향시에 합격하지 못한다고 해도 이한열이 빠져나갈 수 있는 부분들은 무척 많았다.

"맡겨 주게. 때려서라도 데리고 오지. 그리고 머리에서 발끝까지 모조리 개조시키겠네."

조연풍이 싸늘하게 웃으며 말했다.

"헉!"

탁탑천이 기겁했다.

이른 새벽부터 마른하늘에 날벼락을 맞은 꼴이었다.

끌려 나올 때부터 불길하던 예감이 제대로 적중했다.

"대체 무슨 말씀이세요? 제가 왜 여기에서 수업을 들어요?"

"잔말 말고 저기 가장 끝에 가서 서라!"

조연풍이 탁탑천을 바라보며 서늘하게 말했다.

터질 듯한 근육을 가진 조연풍의 눈빛에는 강렬한 기운이 넘쳤다. 그 기운에 압도된 탁탑천은 반항할 여력이 없었다.

"선생님! 이건 뭔가 착오가 있는 거죠? 앞으로 말 잘 듣고 하라는 대로 할게요. 제발 저를 여기에서 데리고 가주세요."

탁탑천이 이한열을 향해 처절하게 말했다.

그는 눈물까지 글썽거리고 있었다.

애처로운 눈망울의 그가 이한열을 간절하게 바라보았다.

"하라는 대로 한다고? 잘됐네. 앞으로가 아닌 지금부터 해!"

탁탑천의 간절한 마음을 이한열이 깔끔하게 깔아뭉갰다.

"저는 이만 가보겠습니다."

"잘 가게."

이한열이 등을 돌렸다.

저벅저벅!

발걸음도 가볍게 걷는 이한열을 탁탑천이 애처로운 눈빛

으로 바라보았다.

슥!

탁탑천은 이한열을 따라가려고 했다.

"어딜 가! 네가 있어야 할 곳은 바로 이 연무장이다."

조연풍이 탁탑천에게 강하게 말했다.

팔척장신 조연풍이 강렬하게 쏘아 대는 눈빛에 탁탑천이 엉거주춤한 걸음걸이로 연무장으로 향했다. 그리고 스무 명의 아이들 뒤쪽으로 가 섰다.

"크흑!"

연무장에 선 탁탑천이 침음을 흘렸다.

그는 낯설고 넓은 이 연무장에 선 것이 못내 억울했다.

선생 한 명 잘못 만나 태평스럽던 그의 삶이 송두리째 망가졌다. 전적으로 그의 편이었던 부모님도 이제 그를 외면했다.

대체 무슨 죄를 지었기에 자신이 봉연무관에까지 와서 심신을 개조당해야 하는 것인가!

또르륵! 또르륵!

그의 눈에 맺혔던 눈물방울이 결국 터져서 볼을 타고 흘러내렸다.

"이건 정말 아니야! 너무 심하잖아."

탁탑천이 못내 억울한 심정을 토해 냈다.

여차여차해서 봉연무관 수업을 들어야 한다고 그에게 통보는 해줘야만 했다.

이한열의 비정상적인 처사에 화가 치밀어 올랐다.

"쉿! 조용히 해!"

"떠들면 안 돼!"

탁탑천 주변에 있던 사람들이 탁탑천에게 작게 이야기했다.

"비 맞은 중처럼 왜 떠드는 것이냐? 수업을 시작하고 난 뒤에는 침묵해야 하는 법이다. 왜? 수업 시간은 오로지 내가 하는 말에 귀를 기울여야 하기 때문이다."

조연풍이 엄숙하게 말했다.

군대에서 복무한 그는 수업 시간의 분위기도 군대식으로 펼쳤다.

연무장이 순식간에 조용해졌다.

수업을 듣는 사람들이 침묵했고, 탁탑천도 그 분위기에 휩쓸렸다.

하지만 입을 꾹 다물고 있는 탁탑천은 가슴이 터질 것만 같았다.

또르륵! 또드륵!

탁탑천의 눈에서 눈물이 흘러내렸다.

답답하고 억울하여서 슬픈 탁탑천과 달리 그를 남겨 두고 떠나는 이한열은 무척이나 홀가분했다.

"편하구나."

봉연무관을 나서는 이한열은 날아갈 듯이 개운했다.

근래 배워야 할 것이 많은 그는 찰나가 아쉬웠다. 탁탑천을 가르치는 짧은 시간까지 무척이나 아쉬운 판국이었다. 그렇기에 아예 탁탑천을 조연풍에게 맡겨 버렸다.

하청받은 일을 재하청 줬다고나 할까?

재하청을 줬기에 이한열은 탁탑천과의 시간을 절약할 수 있었다.

"조연풍 사범이 하는 교육 결과에 대해 감수만 하면 되는 것이지."

이한열이 중얼거렸다.

탁탑천의 심신을 개조하는 과정은 한마디로 굴리기였다. 단지 굴리는 부분에 있어서는 조연풍 사범이 이한열보다 고수였다.

그렇기에 이한열은 조연풍 사범을 믿고 탁탑천을 맡겼다.

"처음에는 동요가 일겠지만 결과적으로 탑천이가 강해질 수 있는 기회이다."

이한열이 말했다.

온실의 화초처럼 고생 없이 자라 온 탁탑천에게는 고난이 가장 어려운 일이었다. 어려움에 직면하면 능동적으로 기민하게 대처하지 못하고 수동적으로 웅크린다.

"고생은 겪을 때는 괴로워도 지나고 나면 결국 피가 되고 살이 되는 경험이다. 열심히 고생해라."

이한열은 고생이 얼마나 큰 힘이 되는지 직접 체험한 산증인이었다.

고생을 산처럼 쌓아 올린 뒤에 훌쩍 뛰어넘으면 미래가 밝아진다.

하지만 야비하고 간사해 보일 수도 있는 그의 방법으로 인해 탁탑천이 안타까운 눈물을 흘리고 있었다. 이제 일 년 이상 꼼짝없이 고생해야 할 판이었다.

저벅저벅!

자신의 시간을 가지려고 탁탑천을 재하청 준 이한열이 밝은 햇살을 받으면서 걸었다.

발걸음이 경쾌했다.

이한열의 얼굴에서 발끝까지 시원한 기운이 맴돌았다.

지켜보는 사람까지 상쾌해질 정도로…….

*　　*　　*

의자에 앉아 있는 이한열의 모습이 보였다.

오래된 나무 책상 위에는 두툼한 서적이 펼쳐져 있었다.

아무것도 적혀 있지 않은 서적이었다.

그곳에 적힐 내용들은 이한열의 머릿속에 존재했다.

"……."

이한열의 뇌리에서 수없이 많은 사념들이 탄생했다가 소멸됐다. 지금까지 익히고 읽고 보고 경험했던 무리와 경험들이 명멸해 나갔다.

뇌리에 잔뜩 구겨 넣은 무리와 경험들이 성취를 일궈 내는 데 도움을 줬다. 하지만 그것들이 차분하게 하나의 도도한 흐름을 가지고 있다고 보기는 무리였다.

뜻하지 않게 경험했던 기연과 깨달음들이 서로 상충되기도 했다.

상충되는 기연과 깨달음을 하나의 흐름으로 묶기 위해서는 되새김질이 필요했다. 되새김질을 통해 섭취한 걸 소화해 내지 않으면 과식에 걸리게 된다. 과식은 무인에게 있어 주화입마로 빠지는 지름길이었다.

이한열에게 있어 되새김질은 바로 저술이다.

"……."

수백, 수천의 생각들이 머릿속에서 마구 돌아다녔다.

무한 증식을 거듭하는 생각들의 숫자가 기하급수적으로 늘어났다. 빽빽하게 많아진 생각들이 끊임없이 유동했다. 생각들끼리 부딪쳐서 터지고, 생각들이 터질 때마다 머릿속이

하얗게 빛났다.

부딪친 생각들이 이합집산을 거듭하면서 더 튼튼하고 합리적으로 탈바꿈했다. 혼란스럽게 뒤엉키는 생각들 속에서 차츰 제대로 된 길이 생겨났다.

그 길은 이한열이 새로운 경지로 나아가는 일보이자 도전이었다.

복잡한 생각들로 인해 범인이라면 머리를 싸매고 드러누웠으리라!

하지만 이한열에게는 어려운 일이 아니었다.

재미있다.

이한열은 이 혼란스러운 복잡함을 반겼다.

어수선한 생각들이 체계적으로 정리될 때마다 환희를 느꼈다. 새로운 생각을 떠올리면서 전율했다.

복잡한 생각에서 규칙을 찾는 일은 문제에서 해답 찾기와 마찬가지였다.

공부해서 과거에 합격한 이한열에게 참으로 적격이었다.

이한열은 자신이 만든 사념의 세상에서 여유롭게 노닐었다.

마침내 그가 복잡한 생각들의 틈을 꿰뚫고 지나가는 하나의 길을 찾아냈다. 그리고 그 길이 정확한 길이라는 확신을 가졌다.

나중에는 달라지겠지만 현재의 이한열에게는 지금 발견한 길이 가장 정확했다.

스르륵!

반개하고 있던 이한열의 눈이 떠졌다.

스팟!

두 눈에서 강렬한 이채가 번뜩였다가 사라졌다.

슥!

이한열이 붓을 들었다.

스윽! 슥!

종이 위에 검은 글씨가 힘차게 피어났다.

거침없이 붓을 움직이는 이한열에게선 한 치의 망설임도 보이지 않았다.

뇌리 속의 생각에 대해 확고하게 인지한 그는 더 이상 망설일 이유가 없었다.

반짝반짝!

이한열의 두 눈이 맑고 또렷하게 빛났다.

흑도의 살수에 대한 이야기에 방금 깨달은 생각들이 고스란히 담겼다.

살수에 대한 이야기를 쓰는 건 우연이 아니었다. 사갈철왕이 강호행을 하면서 살수의 일도 몇 차례 펼쳤기 때문이다.

그때 보고 느꼈던 경험을 이한열이 글 속에 생생하게 녹여

냈다.

허리를 꼿꼿하게 세운 그가 부지런히 팔을 움직였다.

스읏! 슥!

붓이 끊임없이 움직이면서 용사비등한 글을 만들어 냈다.

정리되지 않고 상충하던 생각들이 저술을 하면서 차츰 순서를 갖췄다. 아직까지 앙앙불락하는 부분이 남았지만 그래도 자신들끼리 위치를 맞췄다. 심지어 체계적으로 정리된 일부 생각들은 이한열에 의해 일련번호까지 매겨졌다.

이한열은 깔끔하게 정리하는 걸 선호했다.

그는 이런 정리가 과거에 급제하는 데 큰 도움이 되었다고 확신하고 있었다. 그렇기에 무공을 익히는 데 있어서도 큰 힘이 될 거라고 여겼다.

그리고 이런 정리법이 큰 효과를 발휘했다.

스읏! 슥!

붓을 움직이는 이한열이 글쓰기에 무섭게 집중했다.

의자에서 미동도 하지 않고 빠르게 붓을 움직였다.

*　　*　　*

"소요서생 작가의 책은 어떤 반응을 보이오?"

이한열이 새로 나온 신작이 있는지 시발서점을 찾았다가

자신의 작품에 대해 넌지시 물어보았다. 물론 그 전에 다른 작가들의 책에 대해 먼저 이야기를 꺼내 연막까지 쳤다.

그렇기에 탁둔원으로서는 필명 소요서생이 이한열인 줄 꿈에도 몰랐다.

"낭인들을 비롯한 몇몇 사람들만이 극찬을 할 뿐, 대체적으로는 별 볼 일 없다고 하더군요. 낭인장고라는 책을 열 권 필사해 놓았는데 아직 다 팔리지 않았어요."

"한번 읽어 봐야겠소."

이한열이 말했다. 그는 자신이 저자임을 숨기기 위해 책까지 구매하려고 했다.

"눈 버리실 수 있습니다. 저도 소일 삼아서 읽어 보았다가 중간에 덮었습니다. 다른 책을 보시는 것이 어떻겠습니까?"

탁둔원이 권했다.

울컥!

이한열의 미간에 힘줄이 툭 튀어나왔다.

세상에 처음으로 선보인 그의 첫 작품 낭인장고가 푸대접을 받고 있었다.

"남들에겐 별 볼 일 없어도 나에게는 보석처럼 소중한 책이 될 수도 있는 법이오."

이한열이 싸늘하게 말했다.

"책을 보석처럼 여기시는군요. 잠시 제가 허언을 했습니다."

책의 저자가 이한열이라는 사실을 까맣게 모르고 있는 탁둔원이 고개를 숙였다.

"책을 읽는 범위가 상당히 넓습니다."

탁둔원이 책을 건네며 말했다.

정파와 사마외도를 가리지 않고 폭넓은 분야의 책을 읽는 사람은 많지 않았다. 대부분의 사람들이 정파에 관련된 협객 이야기를 좋아했다.

"사마에도 도가 없다고는 말할 수 없는 법이오."

이한열이 말했다.

세상 어디에나 도가 있는 법이다.

사마외도에도 도를 지키고 있는 무인들이 존재한다.

정파라고 해서 항상 옳은 것만은 아니다.

인면수심의 정파인들도 항상 있어 왔다.

하지만 역사 이래로 정파인들이 사마외도보다 공명정대하다는 것이 증명됐다.

이한열은 저술하는 책들에 사마외도의 길을 걷지만 그 안에서 삶의 도를 찾는 구도자적인 주인공을 등장시켰다.

"그렇기는 하지요. 그런데 사마외도를 주인공으로 내세우면 독자들이 싫어합니다."

탁둔원이 말했다.

"귀곡살수라는 책은 어떻소?"

이한열이 물었다.

귀곡살수는 소요서생의 신작으로, 귀곡이라는 문파에서 살수로 키워진 사내의 파란만장한 일대기였다.

"음산한 살수에 대한 이야기라 그런지 손을 잘 타지 않습니다. 지금까지 딱 한 명이 사갔는데, 바로 되돌아와서 다른 책으로 교환해 갔습니다. 사람을 죽이는 과정이 지나치게 생생하다면서 길길이 날뛰더군요."

"너무 사실적이라 불쾌감을 준 모양이군."

이한열이 말했다.

그는 살수행을 정확하게 묘사하느라 많은 필력을 기울여야 했다. 그런데 심혈을 기울인 부분이 오히려 역효과를 불러일으킨 모양이다.

"제가 읽어 보았는데 과한 부분이 있었습니다. 심지어 너무 상세한 살수행이라 모방 범죄를 일으킬 수 있다는 우려감도 들더군요."

"반대로 예방을 할 수도 있는 법이오."

"맞습니다. 모든 건 양날의 검인 법이지요."

"죄를 저지르는 사람이 나쁜 것이지, 책이 잘못된 것은 아니오."

탁둔원이 뜨악한 표정을 지었다.

'사람은 잘못이 없고 죄가 나쁜 것이 아닌가요?'

그는 이한열의 툴툴거림에 좌불안석에 빠져들었다.

첫 번째 작품과 두 번째 작품을 모두 씹히고 있는 이한열이 은연중에 불편한 기색을 표출했다.

'오늘 뭘 잘못 먹었나? 아니면 주자소에서 뭔 일이 터졌나?'

탁둔원이 조심스럽게 이한열을 살폈다.

따가운 눈빛을 보이고 있는 이한열로 인해 무척이나 불안했다.

데굴데굴!

그가 눈동자를 굴리면서 이한열의 눈치를 살폈다.

"흠!"

이한열이 헛기침을 토했다.

작품들이 계속 혹평을 받자 그는 탁둔원을 상대로 분노를 표출했다.

탁둔원이 무슨 죄인가?

서점 주인으로서 그저 책에 대해 솔직한 평가를 했을 뿐이었다.

'하지만 기분이 나쁜 건 사실이야.'

이한열이 못마땅한 눈빛으로 탁둔원을 바라보았다.

직접 저술하여 세상에 내보인 책은 자식이나 마찬가지였

다.

한데 그런 자식을 면전에서 무시하고 있으니 이한열의 기분이 나쁠 수밖에 없었다.

자연스럽게 이한열의 분위기가 거칠어졌다.

그런 분위기를 탁둔원 또한 모르지 않았다.

"제가 잘못한 일이 있었다면 죄송합니다."

탁둔원이 고개를 숙였다.

그는 자식을 맡긴 아버지로서 이한열에게 알아서 기었다. 그리고 그동안 주변에서 지켜본 바로 이한열의 성질이 보통이 아님을 알았다.

'깔끔하고 효율적으로 일을 처리한다. 하지만 야비한 구석이 있어.'

상인으로 많은 사람들을 만나 본 탁둔원은 이한열의 성격을 제대로 인지했다.

"흠!"

이한열이 다시 헛기침을 토했다.

눈까지 내리깔면서 잘못했다고 비는 탁둔원의 태도에는 과한 측면이 있었다. 그의 마음에 존재하던 못마땅한 감정이 희미해졌다.

"자네가 무슨 잘못을 했다고 이러는가? 그저 내가 다른 일로 심기가 약간 불편했을 뿐이네."

이한열이 못마땅한 눈빛을 차분하게 바꾸며 말했다.

"그러셨군요. 무슨 안 좋은 일이라도 있었습니까?"

탁둔원이 안타까운 표정을 지으면서 물었다.

'왜 네 문제를 여기까지 가지고 와서 생난리냐? 내가 동네 북이냐?'

탁둔원이 속으로 툴툴거렸다.

하지만 자식의 스승인 이한열 앞에서 영원히 약자일 수밖에 없는 탁둔원이었다.

"사소한 일이었네. 신경 쓰지 않아도 되네."

이한열이 가볍게 넘겼다.

애당초 있지도 않은 일이었기에 신경을 쓸 필요가 없었다.

'대체 어느 장단에 춤을 추라는 거야?'

탁둔원은 분위기를 갑작스럽게 바꾸는 이한열의 머릿속을 열어 보고 싶었다. 그래서 그의 머릿속에 무슨 생각이 들었는지 확인하고 싶었다.

"다음에 오겠네."

"네! 살펴 돌아가십시오."

계속 이한열의 눈치를 살피고 있던 탁둔원이 반갑게 외쳤다.

휘적휘적!

이한열이 시발서점을 나섰다.

멀리 모퉁이를 돌아서는 이한열의 모습이 탁둔원의 시야에서 사라졌다.

"휴우! 불편해 죽는 줄 알았네."

그제야 가시방석 위에 앉아 있던 탁둔원의 불편함도 사라졌다.

"항상 차분한 기색을 유지하는 사람인데 대체 무슨 일이 있었기에 저러는 것인지 모르겠군."

탁둔원이 걱정했다.

이한열의 괜한 변명으로 인해 그의 오해가 더욱 깊어졌다.

第十三章

불온서적

탁!

마지막 책장을 끝으로 사내가 읽던 책을 덮었다.

"이건 그냥 단순한 책이 아니야."

책을 다 읽은 사내의 표정이 심상치 않았다. 귀곡살수라고 적혀 있는 책을 바라보면서 심각한 표정을 지었다.

귀곡살수 옆에는 흑도영웅, 낭인장고라는 책들이 보였다.

생각에 빠져 있는 사내의 등 뒤에서 익숙한 목소리가 들려왔다.

"뭐가 단순하지 않은데?"

고개를 돌린 신응구의 눈에 제갈인길이 보였다.

제갈인길은 제갈세가의 사람으로, 뛰어난 머리로 인해 군사부에 소속되어 있었다.

반면 신응구는 신안전 소속으로, 무림의 일들을 조사하여 보고하였다.

정총의 군사부는 휘하에 세 개의 하부 조직을 거느리고 있었고, 그중 신안전은 중원과 새외에서 벌어지는 일들을 전문적으로 조사하는 기관이었다.

"불온한 내용을 담고 있는 서적들입니다."

신응구가 책들을 가리키며 말했다.

"불온서적?"

"정총을 비방하고 정파 무림을 깎아내리고 있습니다. 그리고 사마외도의 사람들을 영웅으로 치켜세웁니다."

"원래부터 있었던 일들 아닌가?"

제갈인길은 흥미를 잃어버렸다.

정파 무림의 결집체인 정총을 비방하는 사마외도들은 무척 많았다. 그리고 정파 무림을 깎아내리는 이야기 또한 어제오늘의 일이 아니었다.

"단순하게 생각할 문제가 아닙니다. 제가 들은 바로는 이 책들을 읽은 낭인과 살수들의 무공이 증진됐다고 합니다."

신응구가 말했다.

낭인장고를 소중하게 간직하고 있는 한 낭인에게서 첩보

를 입수했다. 그리고 첩보를 입수하자마자 재빨리 소요서생이라는 사람의 책들을 구했다.

책들을 살피면서 어떤 부분에서 무공을 증진시켰는지를 면밀하게 연구했다.

"뭐라고? 그 말이 사실인가?"

제갈인길이 놀라서 물었다.

소설책을 읽고 무공이 증진됐다?

소설책이 무공비급이라는 소리와 진배없었다.

"책의 내용을 분석할 시간이 적어서 왜 그런 현상이 일어났는지 제대로 파악하지 못했습니다. 다만 조사 결과, 제 사견입니다만 단순한 헛소리로 치부할 수 없다고 판단됩니다."

신응구가 조심스럽지만 확신을 가지고 말했다.

"소설에 무공비결이 섞여 있는 것인가? 무공의 오의와 비기를 소설에 써놓았기 때문에 읽은 사람들이 덕을 본 것일 수도 있어."

"한번 읽어 보시면 알 겁니다. 소설 속에는 평범하고 누구나 익히 알고 있는 무공들만 나옵니다. 어디에도 오의와 비기는 없습니다."

"그런데도 읽은 사람들의 무공이 증진됐다고?"

제갈인길의 눈에 황당함이 어렸다.

"제가 부족해서 정확한 내막을 알아차리진 못했습니다."

신응구가 말했다.

신응구는 비록 군사부의 하부 조직인 신안전 소속이지만 검기를 뿌릴 수 있을 정도의 일류 검수였다. 매사에 꼼꼼하고 아는 바가 적지 않았다. 무공 실력보다 머리를 쓰는 데 훨씬 탁월했다. 신안전에서도 장래가 촉망되는 인재 가운데 한 명이었다.

"한번 시간을 내서 읽어 봐야겠군."

제갈인길의 눈에 이채가 어렸다.

머리가 뛰어난 그는 이해할 수 없는 문제를 해결하는 데 있어 탁월했다.

그런 그가 책 속에 숨겨져 있는 비밀을 찾으려고 했다.

"그것보다 심각한 문제가 있을 가능성이 있습니다. 저는……."

신응구가 말을 하려다가 멈췄다. 신안전 소속으로 확실하지 않은 문제를 이야기하는 것이 망설여졌기 때문이다.

일단 말을 뱉으면 그걸 책임져야 했다. 그런데 지금 하려는 말은 아직 조사가 이뤄지지 않은 부분이었다.

"하고 싶은 말이 있으면 하게."

"아직 조사가 제대로 이뤄지지 않았습니다. 정보가 턱도 없이 부족합니다."

"때로는 촌각을 다퉈야 하는 일도 있네. 괜찮으니까 편안하게 말해 보게. 그 뒤에는 나를 비롯한 다른 사람들이 알아볼 수도 있으니까. 자네는 다 좋은데 너무 꼼꼼해서 문제야. 동료와 주변 사람들을 믿고 편안하게 일을 하게."

제갈인길이 말했다.

탁자 한쪽에는 소요서생의 책들 외에 정갈한 필체로 적힌 종이 뭉치가 보였다.

"저것들은 뭔가?"

"소요서생의 책을 읽은 낭인과 살수들을 직접 만나서 물어본 감상평들입니다."

"살수들을 만났다고?"

"직접 만나 본 살수가 살인 의뢰가 아닌 독서 감상평 의뢰를 받은 건 이십 년 살수행에서 처음이라고 하더군요."

"참으로 황당했겠군."

"저도 그렇고 살수도 그랬지요."

신응구가 그때 당시를 떠올리면서 황당한 표정을 지었다.

그는 처음으로 정총의 살수를 만날 수 있었다.

정의 구현을 부르짖는 정총에서도 사마외도들과 대적하기 위해 암암리에 살수들을 키운다.

잘 키운 살수 한 명은 화경의 고수보다 더욱 뛰어난 위력을 발휘한다.

보이지 않는 곳에서 암살하는 살수들은 적의 지휘부 인사를 처리할 수 있고, 적들에게 극심한 공포를 안겨 준다.

팔락!

제갈인길이 감상평 종이 뭉치를 집어 들고 살폈다.

— 눈부시게 사실적인 동시에 구도적이다. 책을 보기 전에 나는 도를 몰랐다. 하지만 책을 다 보고 난 뒤에 나는 도를 찾았다. 귀곡살수는 나에게 빛과도 같다.

— 정파가 선(善)이라는 명목으로 저지르는 모순을 꼬집은 화제작이다. 정파여, 반성하라!

— 인간의 내면과 본질을 적나라하게 표현했다. 무림의 약자인 사마외도를 위해 깊은 애정을 가지고 집필한 소요서생이여, 앞날에 축복 있으라!

— 쓰레기 글이다. 정파를 매도하는 이따위 작품은 모두 불태워 버려야 한다.

— 소요서생 님! 당신을 제 인생의 스승으로 여기겠습니다. 감사합니다.

— 다음 작품은 대체 언제 나오나요? 빨리 신작을 볼 수 있었으면 좋겠습니다. 신작이 나왔는지 궁금해서 매일 서점으로 달려갑니다. 이번 달이 가기 전에 신작을 볼 수 있기를 간절하게 소망합니다.

"감상평도 있지만 현 강호 무림에 대한 불평불만도 적지 않군."

종이 뭉치를 살펴보던 제갈인길이 중얼거렸다.

"바로 그 점이 심각한 문제입니다. 책을 쓴 소요서생의 뒤에는 거대한 암류가 있을 수도 있습니다."

신응구가 조심스럽게 말했다.

"암류?"

깜짝 놀란 제갈인길의 눈이 커졌다.

현 무림은 정파의 세상이었다.

사파와 마도의 세력들이 정파의 눈치를 본다.

사파와 마도에도 강력한 문파와 오랜 역사를 지닌 세가들이 있었지만 현재 정도 무림 구대문파와 칠대세가의 힘은 드높다. 정도 무림 역사상 최강의 힘을 지녔다고들 말하고 있었다.

그런 정파의 세상에서 암류라고 신응구가 이야기했다.

"책을 읽은 사마외도의 무인들이 쑥쑥 성장하고 있습니다. 우회적으로 사마외도의 힘을 키우고 있는 것으로 판단됩니다."

"음! 책을 통해서 기연을 전하고 있다. 그로 인해 세력과 힘을 키우는 것이고!"

"책의 유통 과정을 조사하면 암류를 적발할 수도 있습니다. 그리고 소요서생이라는 사람이 누구인지도 밝혀내야만 합니다."

그는 이미 신안전주에게 소요서생과 책의 유통 과정에 대해 조사해 달라고 요청을 한 상태였다.

하지만 그의 이야기를 들은 신안전주는 대수롭게 여기지 않았다.

신안전주는 소설책을 읽은 무인들의 무공이 증진한다는 이야기를 헛소리로 치부하면서 웃었다.

신응구는 오늘 다시 신안전주를 만나서 조사를 강하게 말해 볼 생각이었다.

"칼과 검만 무서운 것이 아니지. 어떻게 보면 책이 더욱 무서운 것이야."

제갈인길이 말했다.

제갈세가의 사람인 그는 책의 위대한 힘을 잘 알았다.

천 명의 칼을 든 사람보다 붓을 든 문사 한 명의 힘이 강할 수도 있었다.

천 명이 아무리 강해도 십만 명을 이길 수는 없다.

붓으로 집필한 글은 셀 수 없이 많은 사람들이 볼 수 있었다. 십만 명을 넘어 백만 명도 읽을 수 있다. 백만 명 가운데 천 명만 무공이 성장한다고 해도 엄청난 성과였다.

글이 가지는 힘은 위대했다.

"그렇습니다. 지금 소요서생의 책들이 빠르게 퍼지고 있습니다. 대처가 늦어서 사마외도에 그 책들이 널리 퍼지게 된다면 어떻게 되겠습니까?"

"끔찍하군."

"한시라도 빨리 잡아야 합니다. 지금 순간에도 소요서생의 책들이 사마외도들에게 필사되어 무한 증식하는 중입니다."

"그렇군. 책들이 무공비급이 되어 주는 것이야."

"완전히 동일하죠. 아니, 그보다 더 뛰어나다고 볼 수 있습니다. 무공비급은 단순히 무공의 구결에 대해 적어 놓고 풀어 놓았을 뿐이지요. 하지만 소요서생의 책들은 상세한 수련법과 그와 관련된 이치들을 자세하게 설명합니다. 읽는 내용들이 머리에 쏙쏙 들어오는 셈이지요."

"직접 가르쳐 주는 스승 저리 가라로군."

"그렇습니다. 그러니까 소요서생의 책들은 무공비급과 스승을 적당하게 합쳐 놓은 형태입니다."

신응구가 탁자 위에 있는 책들을 보면서 심각한 표정을 지었다.

"그것보다 심각한 상황이 있습니다. 지금 소요서생의 책들은 탄탄한 독자층이 생겨났습니다. 사마외도들이 소요서생의 작품들을 서점에서 많이 찾고 있습니다."

소요서생의 책은 처음에 인기가 없었다.

그렇지만 책을 읽은 낭인과 살수들의 기연이 입소문을 타면서 폭발적으로 인기를 끌게 됐다. 시간이 흐르고 작금에 와서는 소요서생의 책들이 잘 팔려 나갔다.

소요서생의 작품들이 대단한 인기를 끌자 소요서생의 작품을 흉내 낸 소위 짝퉁 작품들까지 범람하고 있는 실정이었다.

"그렇겠지. 그들에게 있어서는 책을 보는 것이 기연이나 마찬가지일 테니까."

"사람들이 많이 찾는 책 순위에서 열 손가락 안에 꼽힌다고 합니다."

"높군."

제갈인길이 탄성을 터트렸다.

중원은 엄청나게 넓었고, 하루에 쏟아지는 책의 양 또한 엄청나다. 사서삼경과 같은 불후의 서적들도 있고, 새로운 서적들도 끊임없이 나온다. 그런 책들 가운데 서점에서 열 손가락 안에 꼽힌다는 건 엄청난 일이었다.

강호에서 무림 십대 고수에 꼽히는 것보다 더욱 대단했다.

강호인들 숫자보다 책들의 양이 더욱 많았으니까.

"찾는 책 순위에서 올라가면 어떤 일이 벌어지는지 아시지요?"

"일반인들도 호기심에 보게 되겠지."

대부분의 사람들은 좋아하는 책을 사서 읽는 게 아니라 소위 잘 팔리는 책을 본다. 때문에 일 등에서 십 등까지의 책들은 날개가 돋친 듯이 팔려 나간다.

잘 팔리는 책들이 인기가 있다고 착각하게 된다.

그래서 서점에는 사재기라는 현상이 있었다.

책을 집필한 사람이 돈을 풀어서 책들을 구매하는 것이다.

엄청난 돈이 들긴 하지만 순위권에 올라가게 되면 그곳에서 엄청난 수익이 계속해서 발생한다.

그러면 자연스럽게 명성 또한 생긴다.

명성이 생기면 몸값이 올라가고, 지방에 가서 강연이라도 하게 되면 많은 돈을 번다. 심지어 높은 명성을 등에 업고서 조정에 출사하게 되는 경우도 있었다.

"악의적으로 정파를 인면수심으로 몰아붙이고 있는 이런 책을 보면 일반 사람들이 어떻게 생각하겠습니까?"

신응구가 분노했다.

책 안에는 꼬박꼬박 인면수심의 정파인들이 등장했고, 그들이 저지르는 악행을 사마외도의 사람들이 치죄했다. 소요서생의 책에는 정파 세력을 음해하는 내용들이 가득 넘쳤다.

그런데 그런 일이 정파에서 비일비재하게 일어나는 것이 현실이었다.

강대해진 정파 세력은 오만해졌고, 스스로의 자정 능력을 잃어 가고 있었다.

"정파에 대해서 오해를 하겠지."

"그러니까 소요서생의 책들이 불온서적이란 말입니다."

"읽어 봐야 알겠지만 우리들의 행태를 반성해야 하는 부분도 분명히 있어."

제갈인길이 반성의 기색을 내비치며 말했다.

정파의 힘이 오랫동안 최고조에 이르다 보니 그 폐해가 생겨났다. 팔은 안으로 굽는다. 정파인의 잘못에 대해 공명정대한 정의와 협을 내세우고 있는 정총까지 은근히 눈을 감고 있는 실정이었다.

멀리서 찾을 일이 아니었다.

제갈세가도 근래 들어 가세를 크게 확장시켰다. 그 확장된 영역은 원래 사파와 마도의 문파들이 차지하고 있던 곳이었다. 가세를 확장시키는 과정에서 제갈세가는 순리만을 따르지 않았다. 심지어 끝까지 반항한 마도의 문파를 멸문시키기도 했다.

뿐인가? 하나의 마도 문파를 상대로 많은 백도 무림세가들이 달려들기도 했다. 욕심 많은 백도 무림세가들이 강성했던 마도 문파 고루문을 완전히 공중분해시킨 전적도 있었다.

백도 무림세가들은 당시 고루문을 공격한 이유로 강시의 제작을 내세웠다. 살아 있는 무림인을 강시로 만든다면서 고루문을 멸문에 이르게 만들었다.

하지만 고루문의 생강시 제작 증거는 어디에서도 발견되지 않았다. 정도 무림세가와 정도 문파들의 이런 행위는 공공연한 비밀이었다.

정도 무림이 득세하는 무림에서 사마외도의 문파와 무림인들은 피눈물을 흘렸다.

"일부의 잘못을 과장해서 정파 전체를 싸잡아 비난해서는 안 됩니다. 정총은 어디까지나 정의와 협을 지키기 위한 단체입니다."

신응구가 흥분해서 말했다.

정총에서 일하고 있는 신응구의 자부심은 대단했다.

통상적으로 정총은 무림 정의를 수호하고, 약한 사람들을 도우며, 악한 사람들을 치죄한다.

"그렇지. 실제로 보면 정총이 강호 무림에 있어 유익한 면이 많지. 실제로 정총이 없다면 여러 가지 문제들이 잔뜩 생겨날 거야."

제갈인길이 고개를 끄덕거렸다.

정총은 정도 무림의 결집체로, 정의 수호에 앞장섰다. 심지어 잘못을 저지르는 정파인들까지 처단하고 있었다.

삼 년 전에는 여염집 여인을 겁간한 화산파 도인의 단전을 폐하는 일도 있었다. 화산파에서 중요한 위치를 차지하는 매화검수였다. 그렇기에 매화검수의 무공을 빼앗고 파문시킨 일은 강호에서 굉장한 화제를 몰고 왔다. 만약 정총의 압박이 없었다면 화산파에서 매화검수를 치죄하는 일은 굉장히 어려웠으리라!

"소요서생의 글들을 읽으면 정총에 대한 잘못된 선입견을 가지게 됩니다."

"그럴 수밖에 없겠지."

제갈인길은 신응구가 왜 심각하게 이야기하는지 감이 왔다.

"참으로 고도의 심리전이야."

얼굴을 굳힌 제갈인길이 입을 열었다.

"사마외도가 힘으로 안 되니까 일반인들에게 정총이 나쁘다고 악랄하게 심리전을 펼치고 있는 겁니다."

신응구가 말했다.

신안전에서 오랫동안 일하면서 무림의 일들을 살피고 있는 전문가 신응구는 소요서생의 책들에 숨겨진 악랄한 계책을 알아차렸다.

소요서생의 책에는 정총이 꼬박꼬박 등장한다. 그리고 정총의 수뇌부들이 잘못된 판단을 내려서 강호에 큰 피해를 입힌다. 혹은 인면수심의 정파인이 등장하여서 강호에 혈겁을 일으킨다.

그리고 그런 잘못을 해결하는 건 낭인이나 살수 등 사마외도의 인물들이었다. 혹은 정사 중간이지만 분명히 사파에 가까운 성격의 주인공들이었다.

소요서생의 책 속에 등장하는 정총은 실제의 정총과 분명히 괴리가 있었다.

그런데 일반인들은 그런 사실을 알지 못하고 책의 내용을 그대로 믿게 된다.

신응구로서는 합리적인 의심을 안 할 수가 없었다.

"의심은 가지만 증거가 없군. 그렇지?"

"그렇습니다. 물증 없이 심증만 있습니다. 그래서 제대로 된 조사를 하지 못하고 있는 상황입니다."

신응구가 말했다.

신안전주가 신응구의 의견을 단순한 우려로 치부한 것도 모두 증거가 없었기 때문이다. 신안전이 소요서생과 그 배경에 대해 제대로 된 조사를 하려면 물증이 필요했다.

"이번 일을 군사부와 함께 조사하는 건 어떻겠는가?"

제갈인길이 말했다.

신응구의 이야기를 듣고 심상치 않다는 걸 직감한 그는 소요서생에 대한 일을 신안전과 군사부가 연대해서 함께 조사하기를 원했다.

"군사부에서 나서 준다면 저로서는 쌍수를 들고 환영입니다."

신응구의 얼굴이 밝아졌다.

신안전의 상부 기관인 군사부가 나서면 소요서생과 암류를 잡아낼 수 있었다. 군사부와 신안전이 대대적으로 활동하면 소요서생을 잡아내는 건 시간문제였다.

책이 처음으로 보급된 곳을 조사하고, 책의 유통 경로를 살피면 된다. 책에 대해서 알아보다 보면 결국 저자인 소요서생과 암류가 드러나게 될 것이다.

막강한 힘을 가지고 있는 군사부와 신안전이 소요서생을 찾아내는 건 결코 어렵지 않았다.

"그런데 소요서생을 잡아내는 것으로만 그쳐서는 안 될 것 같군. 암류가 있다면 계속해서 이런 심리전을 벌이게 될 거야. 그렇다면 우리도 똑같이 심리전을 펼쳐야 한다는 소리이지."

제갈인길이 말했다.

"심리전을 펼쳐야 한다고요?"

"그렇지. 이에는 이로 상대를 해야 하는 법! 글로 심리전을 벌여 오는 적들에겐 글로 상대를 해야 하지. 그렇지 않나?"

"누가 글을 씁니까?"

"내가 해보려고 하네."

"예?"

신응구의 눈이 동그래졌다.

군사부에서 바쁜 일과를 보내고 있는 제갈인길이 무협 소설을 쓰겠다고 나서고 있었다.

“예전부터 내 이름으로 된 책들을 저술하려고 했네. 소요서생이 쓴 글에 대해 이야기를 듣다 보니 호승심이 생겨났어. 소요서생보다 좋은 글을 만들어 내려고 하네. 내 글 속에서 정총은 공명정대하게 나올 거야.”

제갈인길이 말했다.

그는 이미 저서로 ‘증보제승방략’이라는 책을 쓴 전력이 있었다.

증보제승방략은 기문진법과 함께 전략과 전술에 대해서 개인적인 사견을 풀어 쓴 책으로, 한때 지자들 사이에서 화제가 되기도 했다.

책을 읽을 줄 아는 사람들은 증보제승방략을 추켜세웠다. 하지만 증보제승방략을 이해할 수 있는 이들은 극히 드물었다.

소위 머리가 좋은 사람들 가운데 기문진법에서 어느 정도 식견이 있어야만 증보제승방략을 살펴볼 수 있었다.

“그렇군요. 잘못된 대중의 인식을 바로잡을 수 있겠습니다.”

신응구가 말했다. 그는 정총과 무림에서 크게 인정받고 있는 제갈인길의 능력을 믿었다.

최고의 후기지수를 뜻하는 구룡 가운데 머리를 사용하는 부분에 있어서는 으뜸이라는 지룡 제갈인길이었다.

"선배라면 소요서생의 알량한 심리전을 무너뜨릴 수 있을 겁니다. 역시 선배이십니다. 핵심적인 근절 대책을 내놓으셨습니다."

신응구가 감탄했다.

소요서생을 잡아내는 일은 근본적인 해결책이 아니었다. 악랄한 심리전을 상대로 정총의 공명정대한 위상을 개선시키는 것이 보다 우선되어야 했다.

"후후후!"

싱그러운 웃음을 흘리고 있는 제갈인길이었다. 직접 말을 하지는 않았지만 자부심이 넘치고 있는 표정이었다.

그는 한번 하고자 한 일을 단 한 번도 실패해 본 적이 없었다. 그리고 지금까지처럼 앞으로도 그렇게 만들 자신이 넘쳤다.

第十四章

청부 살인

휘이잉! 휘이잉!

바람이 심하게 불었다.

쏴아아! 쏴아아!

비가 시원하게 쏟아졌다.

갑작스럽게 쏟아지는 폭우로 인해 짙은 안개가 생성됐다.

이한열이 우의인 도롱이를 몸에 걸친 채 온몸으로 비바람을 맞으며 걸었다. 도롱이를 걸치고 있었지만 심한 바람과 폭우에 이미 전신이 비에 홀딱 젖었다.

비가 주룩주룩 내리는 밤거리를 이한열은 달빛과 별빛을 벗 삼아 천천히 걸었다.

찰박찰박!

걸을 때마다 발밑에서 비에 젖은 가죽신의 소리가 야릇하게 울렸다.

참으로 오랜만에 맞는 비의 감촉이 신선했다.

청란루에 들렀다가 다시금 숙소로 돌아가고 있는 이한열이었다. 그의 품속에는 청란루에서 받기로 한 전낭이 들어 있었다.

묵직한 전낭의 무게를 느끼며 그가 으슥한 골목으로 접어들었다. 허름한 담벼락에 세 명의 사람이 몸을 기대고 서 있었다. 그들은 허리춤에 병장기를 차고 있었다.

"응?"

발걸음을 멈춘 이한열의 입에서 의아한 탄성이 흘러나왔다. 벽에 기대어 있던 세 명의 사내들이 이한열을 향해 움직였기 때문이다.

빠르게 움직인 그들이 이한열을 둘러쌌다.

"이한열?"

정면에 위치한 사내가 짧게 말했다.

험상궂은 얼굴의 그는 말투가 무척 차가웠다.

'내 동선을 알고 미리 기다리고 있었군.'

이한열의 눈에 이채가 스치고 지나갔다.

아니라고 부정해도 소용이 없음을 직감했다.

"맞아. 무슨 일로 찾아왔지?"

이한열이 담담히 고개를 끄덕였다.

눈앞의 사내들이 좋지 않은 의도로 찾아왔음도 알았다.

병기를 휴대한 사내들에게 포위당한 그의 육체가 팽팽하게 긴장했다.

그건 두려움이 아니라 기분 좋은 긴장감이었다.

"하하하! 줏대가 있는데."

"살려 달라고 빌 줄 알았는데 의외네."

사내들이 이한열을 보면서 웃었다.

"빨리 해치우고 가자. 홀딱 젖어서 짜증 난다."

사내 한 명이 말하면서 허리춤에서 검을 빼들었다.

스르릉!

예리한 검날이 어둠 속에서 번뜩였다.

"재촉하기는……."

다른 두 명의 사내도 허리춤의 병기의 손잡이를 잡았다.

그들이 각기 도와 검을 뽑아 들었다.

시퍼런 검과 도 세 자루가 이한열을 노리고 있었다.

"넌 너무 날뛰었어. 그래서 죽는 거야."

말대가리처럼 생긴 길쭉한 얼굴의 사내가 이죽거렸다.

"날뛰었다고?"

이한열이 가볍게 반문했다.

그의 육체와 정신은 난생처음 날카로운 날붙이를 앞두고 있는 상황에서도 기분 좋은 긴장에 빠져 있었다.

이한열은 이런 일이 그다지 낯설지 않았다.

여관숙이 강호에서 살벌한 싸움을 벌이는 동안, 이한열은 가상 체험을 통해 그것을 간접적으로 느꼈다. 책을 읽으면서 뼈저리게 느꼈던 감정들이 이한열에게서 샘솟았다.

"입 다물어."

"이제 곧 죽을 놈인데 괜찮아. 이런 놈을 상대로 셋이 모두 나설 필요 있어? 나 혼자서 처리할게."

"샌님에게 우리들이 모두 달려들 필요는 없지."

청부 살인을 자행하러 온 사내들이 서로 떠들어 댔다.

그들은 전혀 긴장감을 느끼지 않았다.

이류 수준의 그들 셋은 합격을 통해 일류도 처리한 적이 있었다. 이류에서도 중급 이상의 실력을 지니고 있는 그들이었다.

그들은 책상물림인 이한열을 쉽게 처리할 자신감이 넘쳤다.

청란루에서 이한열이 해치운 장음 패거리는 삼류 축에도 끼지 못했다. 그런 장음 패거리의 스무 배가 있어도 이들의 상대가 되지 못했다.

"청부인가?"

"돈이 생기니까 비를 맞으면서까지 너를 기다렸지."

혼자서 죽이겠다고 말한 말대가리가 대답했다.

다른 두 사내가 다시금 병기를 검자루에 집어넣었다.

포위망을 풀지 않은 두 명이 팔짱을 끼고서 여유롭게 구경했다.

그리고 그런 그들 못지않게 이한열의 표정도 여유로웠다.

이한열은 될 수 있으면 평화적인 대화를 통해 많은 걸 알아내고 싶었다.

"나를 죽이려고 하는 게 누구지?"

이한열이 말했다.

하늘을 우러러 한 점 부끄러움 없이 살아야 한다고 배웠지만 이한열의 뇌리에 원한을 가졌을 사람들이 스치고 지나갔다.

'내가 찔렀다는 사실을 알았다면 채광석이 청부했을 수도 있어. 차용증에 있던 장음 외의 다른 네 명이 원한을 품었을 수도 있고. 그도 아니면 근래 하는, 돈 없이 건물을 사들이는 것 때문인가?'

따지고 보니 원한 품고 있을 사람들이 상당했다.

모두 이한열 때문에 피해를 입은 사람들이었다.

이한열이 역지사지로 생각해 봐도 자신에게 칼을 꽂고 싶었다.

"옥화장에서 청부가 내려왔어."

말대가리가 친절하게 이한열의 궁금증을 풀어 줬다.

옥화장은 북경 뒷골목의 주점과 홍루, 상점들을 대상으로 물건을 대주고 사채업까지 하는 상업 가문이다. 고금리의 사채를 갚지 못한 사람들에게서 담보로 잡은 집과 땅을 빼앗곤 했다.

청란루와 매화점을 빼앗으려는 작업 뒤에도 옥화장이 있었다. 그런데 근래 들어 이한열이 옥화장의 작업을 여러 번 무산시켰다.

돈을 빌려 주고 공들여 작업한 집과 땅에 대한 이익을 이한열이 홀라당 집어삼키자 옥화장이 청부 살인을 지시한 것이다.

"그렇군."

이한열이 고개를 끄덕였다.

옥화장의 눈에 이한열은 눈엣가시였다.

"언제까지 노가리를 깔 거야?"

기다리고 있던 사내 가운데 한 명이 불만을 터트렸다. 쏟아지는 폭우 속에서 계속 기다리는 것에 싫증이 난 것이다.

"저승에 가서 염라대왕을 만나면 왜 죽었는지는 알아야 하잖아. 이제 작업할게."

동료의 불만 섞인 소리에 말대가리가 도를 쥔 손에 힘을 줬다.

그가 살기를 진하게 피웠다.

금방이라도 그의 손에 들린 도가 피를 보기 위해 움직일 것 같았다.

그럼에도 불구하고 이한열은 여유로웠다.

고양이 세 마리가 날뛴다고 해서 사자가 긴장할 필요는 없었다.

"내 몸값으로 얼마나 받았지?"

이한열이 물었다.

"금자 석 냥이다. 이제 그만 죽어라!"

말대가리가 사납게 말하면서 도를 휘둘렀다.

슥!

이한열이 막 반응을 하려고 할 때였다.

그런데 도의 궤적을 알아차린 순간, 그가 움직임을 멈췄다.

휘이익!

도가 이한열의 뒤쪽을 향해 움직였다.

"헉!"

팔짱을 끼고서 여유롭게 구경하던 동료가 기겁했다. 그가 황급히 뒤쪽으로 물러나면서 허리춤의 검을 뽑아 들었다.

하지만…….

검이 채 반도 뽑히기 전에 도가 그의 오른쪽 어깨를 가르고 지나갔다.

"크윽!"

도에 맞은 사내가 비명을 토하면서 좌수로 검을 잡았다.

다행스럽게도 그는 왼손잡이로, 좌수검을 익혔다.

주르륵! 주르륵!

베어진 상처에서 핏물이 흘러내렸다.

사내가 피를 흘리면서도 공격한 말대가리를 사납게 노려보았다.

"배신이냐?"

"그래!"

"왜?"

"셋보다는 둘로 나눠야 돈이 많잖아."

말대가리가 비릿하게 웃었다.

"둘?"

사내가 둘이라는 단어에 흠칫했다.

그리고 황당한 눈초리로 바로 옆에 있는 동료를 바라보았다.

"쳇! 한 방에 끝냈어야지."

사내가 부상당한 동료를 향해 검을 뽑아 들었다.

그들 둘은 이미 사전에 동료인 모익을 살해하기로 협의를 한 상태였다.

“미안해. 저놈이 이처럼 민첩하게 반응할 줄 몰랐어.”

사내들이 돈을 앞두고 이 대 일로 나뉘어서 다퉜다.

“큭!”

동료라고 믿었던 사내들에게 살해당할 위기에 처한 모익은 숨이 턱 막혀 왔다. 한 명이라면 목숨을 걸고 싸워서 살아남을 가능성이 일 할이나마 있었다. 하지만 두 명이 합공하면 그의 필패였다.

파르르! 파르르!

그의 눈썹이 흔들렸다.

그런 그의 눈에 여유롭게 서 있는 이한열의 모습이 보였다.

“이봐! 나랑 힘을 합치자.”

모익이 이한열에게 제의했다.

“…….”

이한열은 어이가 없었다.

청부 살인을 하러 온 자들이 그의 눈앞에서 적전분열을 벌이고 있었다. 기분 좋게 이류 수준의 세 명과 싸워 보려고 했다가 김만 팍 새버렸다.

“한열! 이대로 있으면 죽는다. 나와 힘을 합치면 살 수 있어.”

모익이 필사적으로 이한열을 회유했다.

"하하하! 최후의 발악을 하는구나."

"저런 샌님과 손을 잡아서 어떻게 하자는 거냐?"

사내들이 모익을 비웃었다.

그들은 한껏 여유로웠는데, 그것은 시간이 그들의 편이었기 때문이다. 지금도 모익의 상처에서 핏물이 주르륵 흘러내렸다.

"후읍! 후읍!"

이한열이 사식 호흡을 통해 숨을 들이마셨다가 내뱉었다.

단전의 진기가 혈도와 혈관을 따라 강렬하게 치솟았고, 전신의 근육들이 꿈틀거렸다. 온몸에 힘이 넘쳐흘렀다.

찰박!

이한열이 사내들을 향해 걸었다.

"먼저 죽으려고 하는구나."

말대가리가 빠르게 검으로 이한열의 심장을 찔렀다.

팟!

빠른 검의 움직임에 쏟아지는 빗방울들이 일부 튕겨 나갔다.

찰박!

검을 최대한 몸으로 끌어들인 뒤 이한열이 사선으로 반보 옆으로 걸었다.

쉬익!

검이 허공을 가르고 지나갔다.

"놈!"

사내가 황급히 찌르던 검을 베기로 전환시켰다.

하지만 이미 이한열이 그에게 다가와서 주먹을 내밀었다.

빠악!

사내의 복부에 이한열의 주먹이 작렬했다.

콰드득!

주먹에 실린 전사와경의 힘이 강렬하게 사내의 몸으로 파고들었다. 묵직한 충격에 사내의 입에서 비참한 신음 소리가 새어 나왔다.

"크!"

사내가 새우처럼 허리를 구부렸다.

빠각!

복부를 때렸던 주먹이 위로 솟구치면서 말대가리의 턱주가리에 틀어박혔다. 이 연타가 물 흐르듯 자연스럽게 이어졌다.

"커헉!"

강력한 충격에 사내의 몸이 허공으로 떠올랐다.

주르륵! 주르륵!

터진 입에서 핏물과 함께 박살 나고 깨진 누런 치아가 우수수 튀어나왔다.

철퍼덕!

사내가 질척한 땅바닥에 거칠게 처박혔다.

기절을 한 그의 몸이 지독한 통증에 의해 부르르 떨렸다.

이한열이 가볍게 검을 피한 다음 주먹을 두 번 움직여서 사내를 쓰러뜨리기까지는 지극히 짧은 순간이었다.

"헉! 고수다."

모익이 부지불식간에 부르짖었다.

이한열을 바라보고 있는 그의 눈이 찢어질 듯이 부릅떠졌다.

가볍게 움직인 이한열의 동작은 단순했지만 그만큼 절묘했다. 검을 피하는 움직임과 주먹을 내뻗는 동작들이 아름다웠다.

찰박찰박!

이한열이 말대가리를 향해 걸었다.

"너 학사 맞아? 이한열 아니지?"

말대가리가 이한열을 피해 주춤주춤 물러났다.

실력 비슷한 동료가 이한열에게 참으로 쉽게 패했다. 그렇다는 건 말대가리가 이한열을 이길 가능성이 거의 없다는 소리였다.

차이가 어느 정도여야 대적할 생각이라도 하지, 말대가리와 이한열은 수준 차이가 무척이나 컸다.

"맞아."

이한열이 씨익 웃으며 답해 줬다.

말대가리는 그의 궁금증을 풀어 준 친절한 적이었다.

그렇기에 그 역시 친절하게 대했다.

말대가리에게 걸어가는 동선 위에 사내가 기절하여 쓰러져 있었다.

퍽!

이한열이 기절한 사내의 얼굴을 발로 때렸다.

"캑!"

이한열이 지나쳐 가면 등 뒤에서 기습을 하려고 했던 사내의 입에서 비참한 비명 소리가 흘러나왔다. 코를 중심으로 해서 얼굴이 함몰된 사내가 재차 기절했다.

"잔인하다."

말대가리가 이한열의 지나친 처사에 진저리 치며 소리 질렀다.

"그건 아니지. 날 죽이러 온 너희들을 죽이지 않는 것만 해도 자비를 베푸는 거잖아."

이한열은 말하면서도 계속 말대가리를 향해 걸었다.

사람을 죽이려고 하면 거꾸로 죽을 준비도 되어 있어야만 했다. 그래야 공평했다.

'이제 살 만해진 판국에 감히 나를 죽이려고 해? 용서하지 않아.'

이한열의 마음이 독해졌다.

사람과 싸우는 데는 익숙하지 않았지만 저쪽이 먼저 피를 보자고 달려들지 않았는가!

만약 그가 청부 살인 업자들에 비해 약했다면?

쓰러져 있는 건 적들이 아니라 이한열일 것이다.

'아름다운 미녀들도 만나야 하고, 맛있는 음식도 먹어야 해! 고향의 부모님을 모시고 살 고래 등처럼 큰 집도 사야지.'

스팟!

억수로 해야 할 일이 많은 그의 눈에서 강렬한 분노와 적의가 마구 솟구쳤다.

면전에서 그 눈빛을 접하고 있는 말대가리의 살갗이 따끔거릴 정도였다.

슥!

험악하게 돌아가는 상황을 지켜보고 있던 모익이 등을 돌리고 도망가려고 했다.

'좋지 않아.'

모익이 막 한 발자국을 떼었을 때였다.

팍!

이한열이 땅바닥에 있는 검의 손잡이를 발로 때렸다.

휘익!

검이 은근슬쩍 도망치려고 하던 모익을 향해 빠르게 날아갔다.

퍽!

검이 검의 손잡이만 남겨 놓고 담벼락에 깊숙이 박혔다.

졸지에 머리통이 날아갈 뻔한 모익의 안색이 백짓장처럼 창백했다.

"한 발자국도 움직이지 마. 다음에는 너의 머리를 향해 날아갈 테니까."

이한열이 한쪽 입꼬리를 올리면서 말했다.

평소의 부드러운 말투였지만 그 안에는 비릿한 살기 어린 감정이 고스란히 담겨 있었다.

"돌부처처럼 서 있겠습니다."

모익이 잽싸고 공손하게 답했다.

발을 내디뎠다가는 진짜로 머리통이 날아가 버릴 것이라는 사실을 직감했다.

고개를 돌린 이한열이 다시 말대가리를 향해 천천히 걸어갔다.

부르르! 부르르!

도를 움켜쥐고 있는 말대가리의 손이 떨렸다.

역부족을 절감하고 있는 그가 이한열을 두려운 눈초리로 바라보았다.

"진짜 정체가 뭐냐? 금의위냐, 아니면 동창이냐?"

뒤로 주춤주춤 물러나고 있는 말대가리가 떨리는 목소리로 물었다.

그는 눈앞의 이한열이 학사라는 사실을 믿지 않았다.

금의위와 동창 중에는 신분을 숨기고 있는 자들이 적지 않았다.

말대가리는 이한열도 바로 그런 사람이라고 여겼다.

"진사라니까."

이한열이 진사라는 신분을 강조했다.

오랜 세월 노력한 끝에 과거 급제를 통해 획득한 진사 신분은 그의 자랑거리였다.

"먹물 냄새 풍기는 진사라면 대화를 통해 문제를 해결하자. 차라리 나를 잡아가서 감옥에 가둬."

"그런 나쁜 선입견을 버려. 진사도 화가 나면 폭력적으로 바뀌니까. 감옥에 갈 때 가더라도 우선 맞자."

이한열이 말했다.

진사도 사람이다.

법은 멀고 주먹은 가깝다.

획!

몸을 가볍게 한 그가 물러나고 있는 말대가리를 향해 달려갔다.

"우라질!"

욕설을 내뱉은 그가 도를 휘두르며 자신이 알고 있는 최고의 절초인 삼절참분광을 발휘했다.

파파팟! 파팟!

살기 어린 도가 이한열의 몸통을 난도질하려고 날뛰었다. 세 가닥으로 나뉜 도가 어깨와 가슴, 사타구니를 노리고 쇄도했다.

어깨를 노리고 날아드는 도는 느리면서도 묵직했고, 가슴의 심장을 꿰뚫으려고 쇄도하는 도는 쾌속했으며, 마지막 사타구니의 분신을 노리고 있는 도는 현란했다.

말대가리는 이루 형언할 수 없을 정도의 쾌감을 누렸다. 이한열을 앞두고 펼친 필사의 절초로 인해 이류에서 일류로 발돋움했기 때문이다.

죽기 살기로 내뻗었기에 우연찮게 정기신이 일치됐고, 그것이 그를 한 단계 성장하게 만들었다.

하지만 급작스럽게 찾아온 기연의 행복은 그리 길지 않았다.

절묘하게 어우러지는 삼절참분광을 보고 있는 이한열의 눈빛이 심드렁해졌다.

"별로 볼 것도 없군."

이한열이 담담하게 말하면서 몸을 움직였다.

최선을 다한 말대가리의 공격이었지만 이한열의 눈에는 차지 않았다.

여관숙의 무림행에 비해 말대가리의 공격은 무척이나 부족했다.

휘익!

이한열의 주먹이 삼절참분광의 틈 사이로 파고들었다.

연어가 폭포를 거슬러 올라가는 것처럼 주먹이 부드럽게 삼절참분광을 갈랐다.

퍼억!

둔탁한 소리와 함께 말대가리의 얼굴이 일그러졌다.

복부에 일격을 맞자 숨이 턱 막혀 왔고, 저절로 허리가 굽혀졌다.

"커컥!"

콱 막힌 호흡을 내뱉은 그가 본능적으로 뒤로 물러나려 했다. 방금 전 비참하게 당한 동료의 모습이 그의 뇌리에 가득했다.

휘익!

아래에서 위로 이한열의 주먹이 올라왔다.

그 광경을 목격한 말대가리의 얼굴에 공포가 가득 찼다.

퍽!

둔탁한 타격 소리.

"캑!"

비명을 내지른 말대가리의 몸이 땅바닥에서 떠올랐다.

와당탕!

말대가리가 땅바닥에 거칠게 처박혔다.

슥!

고개를 돌린 이한열이 엉거주춤 서 있는 모익을 바라보았다.

"이리 와."

"네."

모익이 재빨리 달려왔다.

어느새 상처에서 흘러내리던 피가 멈춰 있었다.

제자리에 서 있는 동안 이한열의 눈치를 살피면서 품속에서 금창약을 꺼내 상처에 발랐기 때문이다.

이한열의 앞에 선 모익은 잔뜩 긴장했다.

"나라와 황제 폐하를 위해 일하는 현직 관리를 죽이려고 한 것이 얼마나 큰 죄인지 알아? 이건 반역이나 다름없어. 구족을 모조리 멸해야 하지."

이한열이 나지막이 말했다.

그는 과대하게 이번 일을 확대해 버렸다.

현직 관리를 살해하려고 한 살인미수가 큰 죄이기는 하지만 반역까지는 아니었다.

황제가 진짜로 아끼는 충신이라면 모를까?

이한열은 바로 그런 위치에까지 오를 야망이 넘쳤다.

털썩!

모익이 재빨리 무릎을 꿇었다.

구족 멸문이라는 말에 그가 사시나무 떨듯 떨었다.

비록 집을 나와서 나쁜 짓을 일삼고 있지만 그에게도 가족이 있었다. 부인과 아들이 그로 인해 목숨이 위태로워졌다.

"잘못했습니다. 나쁜 놈들이 시켜서 어쩔 수 없이……."

모익이 변명했다.

골목길에서 기다리고 있다 들이닥쳤을 때의 기세등등함은 이미 사라진 지 오래였다.

"물론 너희에게 청부 살인을 시킨 더 나쁜 놈들이 있는 건 알아. 씹어 죽일 놈들이지!"

"맞습니다. 옥화장 놈들이 씹어 죽일 놈들입니다."

"씹어 죽일 놈들을 위해 네가 진술을 해줘야겠다."

"진술이요?"

"금의위 앞에서 아까 전에 저기 말대가리가 했던 말을 그대로 되풀이하면 돼."

금의위라는 말에 모익의 안색이 창백해졌다.

"역시 금의위셨습니까?"

모익이 절망적인 음성으로 물었다.

"아니라니까. 분명히 말하는데, 나는 전시에 합격한 진사야."

이한열이 다시 한 번 강조했다.

"진술하겠습니다. 진술하면 제 가족들은 안전한 겁니까?"

"정상참작을 해서 살려 주지."

마치 판결관이라도 된 듯 이한열이 말했다.

애당초 이한열에게는 가족들까지 건드릴 권한이 없었다.

하지만 그런 사실을 모르는 모익의 얼굴은 크게 환해졌다.

그리고…….

"감사합니다. 정말로 감사합니다."

모익이 땅에 얼굴을 박으면서 고마워했다.

"그건 그거고, 저기 쓰러진 동료들 보이지?"

이한열이 기절해서 널브러져 있는 두 명을 가리켰다.

"돈 때문에 저를 배신한 저따위 놈들은 동료 아닙니다."

"돈 때문에 사람을 죽이려 한 놈이 무슨 헛소리냐? 그런 식이면 나를 죽이려고 한 너는 사람도 아니지."

"……."

모익이 고개를 푹 숙였다.

"만약 나보다 강한 자가 왔다면 나는 죽었겠지?"

이한열은 피가 거꾸로 솟는 분노를 격하게 느꼈다.

죽을 수도 있었다는 섬뜩함으로 인해 미친 듯이 화가 났다.

그 말이 진실이라는 걸 알기에 모익은 아무 말도 할 수 없었다.

그가 무릎을 꿇고 있는 것도 약하기 때문이었다.

“그런 의미에서 우선 맞자. 쓰러진 동료들처럼 너도 맞아야 공평하지.”

“제발 살려 주십시오.”

모익이 이한열의 오른쪽 다리를 붙잡으면서 애걸했다.

쓰러진 사내들처럼 맞아서 얼굴이 함몰됐다가는 앞으로 사람 구실하면서 살기 힘들었다.

“살려 준다니까. 몇 대 맞을 뿐이야.”

이한열이 담담하게 말했다.

퍽!

그의 왼발이 모익의 가슴을 가격했다.

“크윽!”

모익이 신음을 흘리면서 바닥에 데굴데굴 굴렀다. 그는 고통스러운 와중에도 얼굴을 보호하기 위해 양팔로 감쌌다.

“팔 치워. 팔 부러지기 전에…….”

이한열이 말했다.

“제발…….”

“경고했다.”

이한열이 모익에게 천천히 다가갔다.

"크흑!"

모익이 얼굴을 감싸고 있던 양팔을 풀었다.

팔 부러지고 얼굴 망가지는 것보다 얼굴만 망가지는 것이 좋았다.

푸들푸들!

앞으로 닥칠 불행한 일을 아는 모익의 몸이 사시나무처럼 경련했다.

"제발 한 번만 봐주십시오."

모익이 애처로운 표정으로 이한열을 바라보면서 빌었다.

"이번 한 번 보고 아마도 다시 볼 일은 없을 거야."

빠악!

이한열의 발이 모익의 얼굴에 그대로 틀어박혔다.

"크아악!"

모익의 비명 소리가 비참하게 울려 퍼졌다.

허용 한계치를 뛰어넘는 고통에 모익이 눈을 허옇게 뒤집으면서 기절했다.

툭!

이한열이 기절한 모익의 기해혈을 툭 쳤다.

"크윽!"

정신을 차린 모익이 얼굴에서부터 전해지는 극심한 고통에

몸부림쳤다.

"한 대 더 얻어터지기 전에 빨리 일어나서 다른 놈들 깨워라."

"알겠습니다."

모익이 재빠르게 일어났다.

퍽! 퍽!

그리고 기절한 다른 사내들에게 발길질했다.

"일어나! 일어나라고!"

그의 격한 발길질에 다른 사내들도 이내 정신을 차렸다.

"따라와."

이한열이 나직이 말했다.

"대인! 저희들이 미처 대인을 몰라 뵈었습니다. 너그러운 마음으로 한 번만 선처해 주십시오."

"살려 주십시오."

정신 차린 두 사내가 이한열을 보면서 필사적으로 애걸했다. 이대로 끌려갔다가는 더 큰 낭패를 볼 수밖에 없다는 사실을 아는 탓이었다.

"죽이지 않은 것만 해도 선처해 줬어! 한마디만 더 떠들거나 도망치려고 했다가는 화골산으로 녹여 버릴 줄 알아."

이한열이 말했다.

"화골산?"

"헉!"

"뼈도 못 추릴 수 있어."

세 사람은 독종에게 걸렸다는 사실을 깨닫고 잠시 주저했다.

모든 걸 포기한 모익이 먼저 걸음을 옮겼다. 모익을 따라 다른 두 명도 움직였다.

쏴아아! 쏴아아!

폭우가 거세게 쏟아졌다.

찰박! 찰박!

이한열이 빗속을 걸었다.

그 뒤를 얼굴이 망가진 세 사람이 뒤따랐다.

〈다음 권에 계속〉